RAÍZES DO AMANHÃ

8 CONTOS AFROFUTURISTAS

CB046121

RAÍZES DO AMANHÃ

8 CONTOS AFROFUTURISTAS

...

WALDSON SOUZA (ORG.) // G.G. DINIZ
KELLY NASCIMENTO // LAVÍNIA ROCHA
PÉTALA E ISA SOUZA // PETÊ RISSATTI
SÉRGIO MOTTA // STEFANO VOLP

GUTENBERG — PLUTÃO

Copyright © 2021 G.G. Diniz; Kelly Nascimento; Lavínia Rocha; Pétala e Isa Souza; Petê Rissatti; Sérgio Motta; Stefano Volp; Waldson Souza

Todos os direitos reservados pela Editora Gutenberg e pela Plutão Livros.
Nenhuma parte desta publicação poderá ser reproduzida, seja por meios mecânicos, eletrônicos, seja via cópia xerográfica, sem a autorização prévia da Editora.

EDITORES RESPONSÁVEIS
André Caniato
Flavia Lago

EDITORA ASSISTENTE
Natália Chagas Máximo

REVISÃO
Bruna Emanuele Fernandes

PROJETO GRÁFICO DE CAPA
Diogo Droschi

ILUSTRAÇÃO DE CAPA
Nazura Santos

DIAGRAMAÇÃO
Christiane Morais de Oliveira

**Dados Internacionais de Catalogação na Publicação (CIP)
(Câmara Brasileira do Livro, SP, Brasil)**

Raízes do amanhã : 8 contos afrofuturistas / Waldson Souza, (Org.). -- São Paulo : Gutenberg : Plutão Livros, 2021.

Vários autores.

ISBN 978-65-86553-95-6

1. Antirracismo 2. Contos brasileiros 3. Direitos humanos 4. Negros 5. Racismo I. Souza, Waldson.

21-83865 CDD-B869.3

Índices para catálogo sistemático:
1. Contos : Literatura brasileira B869.3

Eliete Marques da Silva - Bibliotecária - CRB-8/9380

PLUTÃO Rua Natale Pazin, 403
Centro - Pontes Gestal, SP - CEP 15560-000

A **GUTENBERG** É UMA EDITORA DO **GRUPO AUTÊNTICA**

São Paulo
Av. Paulista, 2.073 . Conjunto Nacional
Horsa I . Sala 309 . Cerqueira César
01311-940 . São Paulo . SP
Tel.: (55 11) 3034 4468

Belo Horizonte
Rua Carlos Turner, 420
Silveira . 31140-520
Belo Horizonte . MG
Tel.: (55 31) 3465 4500

www.editoragutenberg.com.br
SAC: atendimentoleitor@grupoautentica.com.br

SUMÁRIO

7 — **APRESENTAÇÃO**
DE WALDSON SOUZA

9 — **PREFÁCIO: AS RAÍZES DO AMANHÃ PLANTAMOS AGORA**
DE ANNE QUIANGALA

17 — **NÃO TEM WI-FI NO ESPAÇO**
DE G.G. DINIZ

41 — **O SHOW TEM QUE CONTINUAR**
DE LAVÍNIA ROCHA

75 — **SEXTA DIMENSÃO**
DE STEFANO VOLP

91 — **JOGO FORA DE CASA**
DE SÉRGIO MOTTA

115 — **RECOMEÇO**
DE KELLY NASCIMENTO

137 — **SEGUNDA MÃO**
DE PETÊ RISSATTI

169 — **TUDO O QUE TRANSPORTA O AR**
DE PÉTALA E ISA SOUZA

197 — **COM O TEMPO EM VOLTA DO PESCOÇO**
DE WALDSON SOUZA

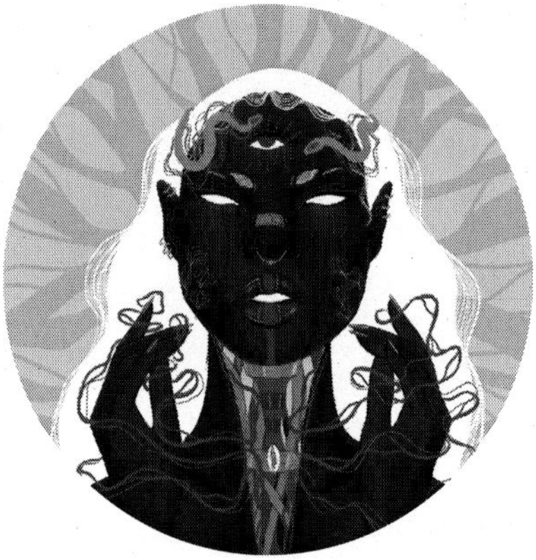

APRESENTAÇÃO

WALDSON SOUZA

QUANDO COMECEI a pesquisar Afrofuturismo, em 2016, a principal dificuldade foi encontrar obras para compor um recorte mais panorâmico e, com isso, tentar definir quais características e discussões seriam recorrentes na ficção afrofuturista brasileira. No ano anterior, acontecera a mostra *Afrofuturismo: Cinema e Música em uma Diáspora Intergaláctica*, que teve curadoria de Kênia Freitas e foi um evento com rico material para fomentar discussões, mas as principais ideias ainda começavam a aparecer por aqui, principalmente na internet.

De lá para cá, o cenário se tornou mais otimista, com um número maior de pessoas produzindo ficção e teorias a partir de perspectivas afrofuturistas. Tivemos eventos, trabalhos acadêmicos, coletâneas, obras ficcionais, artistas e pensadores contribuindo para responder à dúvida "O que é Afrofuturismo?". As reflexões para esta pergunta tão recorrente só têm a ganhar com vozes e perspectivas plurais discutindo sobre o assunto.

Este livro é uma contribuição para o movimento afrofuturista. Primeiro sonhado e imaginado, o projeto só pôde se concretizar devido à parceria entre as editoras Plutão Livros e Gutenberg, e por meio do trabalho de cada autora e autor que contribuiu com narrativas que especulam.

O exercício de especular, dentro e fora da ficção, é o que nos permite resgatar o passado, questionar o presente e construir futuros. É o que nos permite ampliar as imagens que encontramos no campo das possibilidades. Assim, especulando, a história do Afrofuturismo brasileiro está sendo escrita.

PREFÁCIO: AS RAÍZES DO AMANHÃ PLANTAMOS AGORA

POR **ANNE QUIANGALA***

> "Nós somos Semente da Terra. E o Destino da Semente da Terra é criar raízes entre as estrelas."
>
> – Octavia E. Butler, A *parábola do semeador*, tradução de Carolina Caires Coelho.

À PRIMEIRA vista, a duologia *Semente da Terra*, de Octavia Butler, pode parecer uma história sobre o nascimento de uma nova fé, filosofia ou crença. Desconfiades como podemos ser de discursos em geral, mas confiantes na escrita butleriana, aderimos ao pacto narrativo, abertes a nos surpreender... e nos surpreendemos. Na primeira vez que lemos os excertos do manuscrito *Semente da Terra: Os livros dos vivos*, da protagonista Lauren Oya Olamina, não sabemos pelo que esperar, e, ao final, já aspiramos criar raízes entre as estrelas.

Mas tudo tem o seu tempo: primeiro, plantar.

Tempo de plantar

A vida de pessoas negras – não raro – são histórias que tendem a se desenvolver em uma espiral que inspira a arte: com assombrações, tecnologias e filosofias próprias. Octavia

---

* Anne Quiangala é mestra em Teoria Literária e Literaturas pela Universidade de Brasília, doutoranda em Estudos do Horror Negro pela mesma universidade, Marvete e idealizadora do *Preta, Nerd & Burning Hell* – um blog sobre nerdiandade preta e feminista – desde 2014.

E. Butler nasceu em Pasadena, Califórnia, em 22 de junho de 1947, durante a vigência das leis de segregação nos Estados Unidos. Crescer no lugar social de mulher negra, naquela sociedade comprometida com a privação de direitos humanos, fez dela alguém que, pela experiência de ostracismo, desenvolveu um ponto de vista sobre a opressão que entende e questiona as contradições entre as ideologias hegemônicas, o que, nas palavras de Patricia Hill Collins, significa ser uma *outsider* interna.[1]

Ser uma estrangeira na pátria para onde os antepassados foram arrastados e cujos ambientes são liderados pela perspectiva branca faz com que sobrevivamos a uma desterritorialização radical, tão prolífica para elaborar e ficcionalizar em narrativas especulativas que questionem as histórias propagadas pelas instituições e o presente imediato, nos levando a prospectar sobre como foi, teria sido ou poderá ser, já que não tivemos "bons tempos" e sequer podemos residir no "agora". Tal conhecimento e tal angústia se refletem em protagonistas de obras de ficção científica de autoria feminina negra com heroínas que compartilham esse lugar social.

De uma forma ou de outra, as facetas concretas das autoras e as ficcionais de suas heroínas são levadas à ciência de que "lar é o que você leva consigo, não o que deixa para trás",[2] de modo que Eshun, a proscrita em um mundo decrépito, tem uma bolsa de fuga[3] equivalente à bolsa de emergência da líder da Semente da Terra, Lauren Olamina. Ambas as personagens sabem que, para sobreviver, é preciso ter sua própria reserva para tempos difíceis. E tanto Butler como Jemisin demonstram, por meio da literatura, entender "quão

---

[1] COLLINS, Patricia Hill. *Pensamento feminista negro: conhecimento, consciência e a política do empoderamento*. Tradução de Jamille Pinheiro Dias. São Paulo: Boitempo, 2019, p. 48.

[2] JEMISIN, N. K. *A Quinta Estação*. Tradução de Aline Storto Pereira. São Paulo: Morro Branco, 2017, p. 270.

[3] *Ibidem*, p. 61.

aterrador tem sido perceber que ninguém acredita que meu povo tem um futuro. E quão gratificante é, finalmente, aceitar a mim mesma e começar a tecer o futuro que eu quero ver".[4]

Se o futuro que queremos ver é tributário das técnicas de sobrevivência, temos na verossímil figura de Olamina a certeza de que existe um "futuro ali na frente"[5] cuja semeadura é aqui e agora.

Assim, o caráter intenso e multifacetado da opressão traz em si o germe contrário, a resistência que, nas palavras de Olamina, significa ter um comprometimento intenso com a mudança e a adaptabilidade. Como agente de transformação, ela idealiza a Semente da Terra, uma nova religião que serve como substrato para uma nova sociedade diversa, comunal e equânime, preparada para se enraizar, desenvolver e frutificar em qualquer lugar, inclusive além do planeta Terra.

Nesse sentido, a distopia em que está inserida a protagonista de A parábola do semeador nos é triplamente familiar. Primeiramente, a ciência de que a mudança é um fato inescapável faz com que ela assuma a adaptabilidade como intervenção no real, aqui e agora, como ativistas fazem. Em segundo lugar, o caráter da obra, uma fábula cautelar publicada originalmente em 1993, representa a diversidade de desafios que o capitalismo tem fabricado para a maior parte da população terrestre na atual década. Em terceiro lugar, Olamina enfrenta uma realidade fabricada por narrativas e práticas coloniais que tentam aniquilar sua existência. Em resposta a isso, a protagonista desenvolve a "capacidade de adaptação e obsessão positiva e persistente",[6] que tem um interessante elo com o ensaio "Obsessão Positiva", também

---

[4] Idem. Quanto falta até o mês do futuro negro?. Tradução de Anne Quiangala, 2019. Disponível em: https://bit.ly/31wD3ht. Acesso em: 04 nov. 2021.
[5] Ibidem.
[6] BUTLER, Octavia. A parábola do semeador. Tradução de Carolina Caires Coelho. São Paulo: Morro Branco, 2018. p. 11.

de Butler. A autora descreve "Obsessão Positiva" como "uma forma de mirar em si mesma, sua vida, o alvo de sua escolha. Decidir o que você quer. Mirar alto. Perseguir um objetivo".[7]

Se a "Obsessão Positiva" era uma tecnologia imprescindível para que Butler pudesse imaginar e afirmar que sua carreira como escritora abriria caminho para autoras negras de ficção científica, fantasia e horror em um tempo em que "pessoas negras não [podiam] ser escritoras", ela é igualmente a matéria da qual Olamina é feita. E, de certa forma, também tantas outras pessoas negras que resistem à distopia diária em que estamos imersas, sem poder respirar.

Lemos o primeiro volume da duologia, *A parábola do semeador*, com uma chave teórica que reconhece uma historicidade própria, na qual o fim do mundo já aconteceu quando, séculos atrás, a primeira nave alienígena chegou ao continente africano[8] abduzindo, escravizando, usurpando e destruindo aqueles que convencionaram classificar como opostos diametrais para esquecer as monstruosidades que haviam feito. Efeitos devastadores dessa invasão, que nos relegou à segunda classe de cidadania, desdobram-se no presente por meio do racismo institucional, da violência epistêmica, da invasão domiciliar em favelas e do sistemático empobrecimento da população negra pelo Estado. O que perdemos, embora mais do que material, não é quantificável: é o próprio indizível. A partir da autodefinição[9] e da busca narrativa que expressasse

---

[7] Idem. *Filhos de sangue e outras histórias*. Tradução de Heci Regina Candiani. São Paulo: Morro Branco, 2020. p. 142.

[8] SOUZA, Waldson. Afrofuturismo não é só sobre futuros utópicos, mas essas são as imagens que mais precisamos. *Grupo de estudos em literatura brasileira contemporânea*, 7 set. 2019a. Disponível em: https://tinyurl.com/3dju9768. Acesso em: 04 nov. 2021.

[9] COLLINS, Patricia Hill. *Pensamento feminista negro: conhecimento, consciência e a política do empoderamento*. Tradução de Jamille Pinheiro Dias. São Paulo: Boitempo, 2019.

o "indizível" sob nossa perspectiva a respeito da experiência histórica de resistência ao silêncio, deferência e esvaziamento, que são extremos, surgiu o Afrofuturismo como chave de leitura da colonização, do cotidiano e dos futuros.

Portanto, sob a ótica afrofuturista podemos ler a arte, a teoria, o passado e o presente, resistindo à vida cotidiana, repleta de racismo e interdições. E isto não por mera utopia e construção de futuros improváveis, desejáveis ou *hardcore* per se, como o cânone nos faz crer, mas pela elaboração do trauma recalcado, retomada de tecnologias do passado, busca presente pela cura, a fim de pavimentar um futuro plural, digno e sem medo.

Aliás, a ficção especulativa, segundo Waldson Souza, serve como termo guarda-chuva para agregar fantasia, ficção científica e horror sobrenatural, gêneros que Butler soube perfeitamente tecer, trançar e torcer em um mesmo romance. Como exemplo de elemento de ficção científica, podemos identificar o destino de criar vida entre as estrelas, que demanda *imaginar* tecnologias que possibilitem a manutenção da vida humana fora do planeta Terra. Já que "na fantasia o impossível se torna provável",[10] *quem sabe* uma pessoa que compartilha a sensação de dor não representa uma solução para a tortura? E, por fim, a realidade devastadora, com imagens de violência, corpos em decomposição e todo o tipo de horrores sociais matizados na figura dos piromaníacos completam o círculo de horror que flerta com um tipo de sobrenatural, o explicado.

É nesse campo intersticial que se revela a grandiosidade do conceito de Afrofuturismo, que, nas palavras de Waldson Souza, é

---

[10] SOUZA, Waldson. *Afrofuturismo: o futuro ancestral na literatura brasileira contemporânea*. 2019. 102 f., il. Dissertação (Mestrado em Literatura) – Universidade de Brasília, Brasília, 2019, p. 13.

(...) um movimento artístico e estético que nasce da união entre ficção especulativa (fantasia, ficção científica e horror) com autoria e protagonismo negros. Obras afrofuturistas, independentemente do formato, trabalham questões que são pertinentes para a população negra, seja questionando as estruturas opressoras do presente, resgatando passados apagados ou projetando imagens futuras que se deseja ou não seguir. Não se trata necessariamente de obras ambientadas no futuro, como o termo pode dar a entender em um primeiro momento. Afrofuturismo também é sobre horrores detectáveis no presente, fantasias mirabolantes, acontecimentos sobrenaturais diversos, contextos ainda mais opressores, futuros múltiplos e ímpares.[11]

Por meio dessas lentes, vemos um modo de lidar com o passado que é presente, repleto de criaturas que nos querem destruir, tecnologias feitas para nos aniquilar e uma política ativamente exploratória. O Afrofuturismo nos fornece ferramentas para encarar o passado, através dele ver o presente e costurar novos caminhos em diversas direções, tal como uma raiz – porque o tempo não é linear nem progressivo, e não há problema nenhum em voltar para buscar algo que você perdeu.

Tempo de enraizar

Num país devastado por uma visão de mundo nefasta, a coletânea *Raízes do amanhã* é um tipo de experiência estética imprescindível por mostrar pontos de vista plurais, evidenciar noções de futuro próximas ou distantes, respostas diversas sobre o que ser uma pessoa negra significa, e proporcionar um espaço revolucionário de experimentação em nossos próprios termos.

---

[11] *Idem, ibidem.*

Cada conto responde para nós, pessoas negras, questões elementares que tanto precisamos aprender, investigar, cunhar nossas próprias ferramentas, inspirar e ser inspiradas. De forma sutil ou mais expressiva, cada conto nos deixa entrever possibilidades do mundo sem prisões ao qual alude Angela Davis, um mundo no qual o "pretoguês" conceituado por Lélia Gonzalez é mais do que estigma, no qual o corpo social heterogêneo luta junto pelo fim da matriz de opressões e goza esse futuro comunitário tão sonhado por Audre Lorde.

Cada perspectiva autoral traçou, em suas histórias, ora um respiro, onde o amor, a superação das adversidades e a liberdade são possíveis, ora um alerta para nos lembrar de que estamos presos em um aqui e agora que remonta o infindo passado traumático, reféns de um Estado que nos proíbe de sonhar, que coloniza a subjetividade de muitos dos nossos. Essa realidade multifacetada, centrada na experiência e perspectiva negra, revela nossos pesadelos, nossos sonhos e desenrola distintas linhas de futuro, como raízes. Nas palavras da protagonista Lauren Olamina,

> – O Destino da Semente da Terra é criar raízes entre as estrelas – falei. – É o maior objetivo da Semente da Terra e a maior mudança do ser humano, com exceção da morte. É um destino que devemos buscar se quisermos ser qualquer outra coisa que não dinossauros de pele lisa: aqui hoje, mas amanhã não mais, nossos ossos misturados com os de nossas cidades e suas cinzas, e então?[12]

A semente é a promessa de futuro, e a raiz é o futuro florescendo no seu tempo, tal como nós, que agora somos utopias, matizes de nossos antepassados, ao mesmo tempo que sonhamos os matizes daquelas pessoas que nos sucederão.

---

[12] BUTLER, 2018, p. 275.

E, para que haja futuro, precisamos nos preparar para o destino que a ficção especulativa de autoria negra anuncia: a cura para os males do fim do mundo e a reconstrução demandam uma mudança radical que envolve viajar para o passado, recuperar o que foi perdido e montar um novo repertório de referências, com uma bolsa de emergência cheia de itens necessários para nossa sobrevivência e para um amanhã mais além, quando ela não será mais tão necessária.

Tempo de colher

O Afrofuturismo é o espelhamento do mundo real, portanto, não desconsidera o presente, mesmo quando se afasta da realidade imediata, imaginando como seria se fosse diferente. Embora não se restrinja ao tempo futuro, como uma proposta estética, teórica e política, é sempre um exercício de interpretar o mundo na perspectiva negra consciente, que, ao se autodefinir e construir narrativas com a negritude no centro, devolve a totipotência de nossas subjetividades. Como gênero textual, o Afrofuturismo reafirma a possibilidade de pessoas negras pertencerem a um lugar onde não é necessário caber em formas, onde é possível construir um mundo melhor, a despeito das rasteiras, da perversidade burocrática e das tecnologias sociais que ondulam no presente. E o destino da Semente da Terra, afinal, trouxe a certeza de que podemos todos nos preparar para o caos e sobreviver juntos, tecendo raízes entre as estrelas de forma ativa, regando o passado e adubando o futuro a cada dia. Quando podemos experimentar as epistemologias do Afrofuturismo, entrelaçando teoria e prática com pessoas engajadas, o destino está lançado: as raízes alimentaram caules que renderão belos e familiares frutos. Você está pronte para colher?

NÃO TEM WI-FI NO ESPAÇO

G. G. DINIZ

MARISA NUNCA tinha se acostumado com o barulho da pressurização do traje espacial e, por isso, trabalhava de fones de ouvido sempre com a música no volume mais alto. Balançava a cabeça ao ritmo da batida, os dedos doloridos dentro da luva nada ergonômica do traje improvisado. Fazer qualquer coisa no espaço exigia muita paciência. Já se iam três dias desde que havia começado a parafusar aquele módulo habitacional na estação espacial Bom Jardim, que até podia parecer uma colcha de retalhos feita de peças de lixo, mas ninguém podia dizer que não era construída com carinho e dedicação.

O som da música deu lugar ao toque de chamada do celular muito bem guardado no bolso da calça. Marisa deu um comando de voz:

– Atender ligação.

– Mãe?

O tom assustado da pergunta de Luana fez Marisa largar a chave de fenda, que flutuaria para longe no espaço caso não estivesse presa a uma corda amarrada em seu pulso.

– O que foi, filhota?

– Mãe, invadiram o acampamento.

– Invadiram? Quem?

– A polícia. Tão procurando pela senhora. Dizendo que têm um mandado, não sei... Estão revistando os equipamentos.

Marisa respirou fundo.

– Fica calma, tudo bem? Eles tão mexendo contigo?

– Não. Só me falaram pra ligar e pedir para senhora descer.

A ameaça era bem óbvia. Se Marisa não descesse, muito dificilmente deixariam Luana e o pessoal lá de baixo em paz. Como se ela fosse covarde como a polícia...

– Certo – disse Marisa, tentando soar tranquila. – Diz aí que tô descendo agora. Vai demorar umas duas ou três horas pra chegar.

– Aviso sim.

– Fica tranquila, viu? Tô indo.

Nem bem a ligação acabou e Marisa já estava voltando para a câmara de pressurização, seguindo a cabo-guia. Quando a escotilha fechou atrás dela e as cânulas encheram o ambiente de ar, Marisa despiu o incômodo e pesado traje em tempo recorde.

Não se preocupou com as manchas de graxa, óleo e suor nas calças e na blusa. Sabe-se lá que tipo de confusão a polícia faria lá embaixo enquanto ela não chegasse. Caminhando até os atracadores dos módulos, enviou diversas mensagens pelo celular para avisar que voltaria à Terra, que alguém deveria substituí-la naquele turno do serviço.

Depois de atravessar as duas escotilhas do atracador, Marisa já estava dentro da cabine do próprio módulo.

Na cadeira de pilota, apertou uma sequência de botões, e as luzes das telas e do painel se acenderam. Jogou o celular na cadeira do copiloto, prendeu os *dreadlocks* em um coque volumoso e conectou os fones de ouvido *bluetooth* à nave para poder entrar em contato com o centro de controle da Bom Jardim e desatracar.

– Fala aí, Mari. Achava que tu ia embora só amanhã, mulher – disse Aparecida, controladora da vez.

– Eu ia, né, mas a Luana me ligou dizendo que tem policial lá embaixo chamando por mim. Tenho que ver o que eles querem comigo.

Não era só com ela, claro – era com todo mundo.

Se Bom Jardim tinha um manda-chuva, esse alguém era dona Maria, a mulher que teve a ideia doida de construir a primeira estação espacial só com o que achavam no lixão onde o quilombo Bom Jardim fora engolido. Ao morrer, aos 80 anos, deixou uma filha e o esqueleto de uma estação orbitando a Terra. Marisa vestiu, "sem querer querendo", o manto da mãe. As decisões mais importantes eram tomadas em conjunto, mas os pormenores – e quando Bom Jardim precisava de alguém para representá-lo – eram responsabilidade de Marisa.

Um problema com ela nunca era só com ela.

– Pois então é melhor tu ir logo mesmo – concluiu Aparecida. – Tô coisando aqui a coisa pra tu poder ir embora.

Como prometido, três minutos depois, a estação Bom Jardim se desconectou da nave de Marisa, carinhosamente apelidada de Boleia, e ela ficou livre para voltar à Terra e saber o que estava pegando lá embaixo.

*

O assentamento estava um caos: os policiais, mascarados e armados, reuniram todos os moradores na pracinha, como era conhecido o espaço aberto no coração do quilombo. Bem ao centro, um almofadinha com o distintivo da Polícia Federal e camisa branca de botões aguardava com uma pasta debaixo do braço e Luana às vistas.

Filho da puta.

– Qual é o problema, seu delegado? – perguntou Marisa.

Qualquer que fosse o motivo da visita, não podia ser bom. A polícia costumava deixar os quilombos em paz, mas Bom Jardim não deixava de ser um monte de gente preta reunida. Havia policiais suficientes ali para uma chacina.

– Você que é a Marisa?

– Sou eu, sim.

O delegado estendeu a mão para um aperto, que Marisa aceitou após dois segundos de hesitação.

– Bem, dona Marisa, estou com um mandado aqui para encerrar as operações de construção da sua estação espacial.

Ele retirou da pasta um documento que Marisa inspecionou rapidamente. No cabeçalho, estava o brasão da República Federativa do Nordeste.

– Baseado em quê? Não tem material nenhum de ninguém. A gente só usa o que o povo joga fora.

Marisa sabia, porém, que o lixo dali tinha uma origem muito específica. A empresa de exploração espacial Faraday Explorations, que enviava restos de protótipos, satélites e espaçonaves para o porto do Mucuripe, em Fortaleza – dali, o lixo era espalhado por todo o estado.

– Sim, mas você compreende que, para realizar construções espaciais, precisa de uma autorização do Governo Federal. Foi aprovada uma MP no Senado, tu não ouviu falar?

Marisa estreitou os olhos.

Não, nunca tinha ouvido falar de MP nenhuma.

– E como é que faz pra conseguir uma autorização dessa?

– É só preencher uma papelada, sabe, identificando os objetivos da construção e quem está fazendo. Comprovante de residência, essas coisas...

Marisa olhou em volta. Ninguém em Bom Jardim tinha comprovante de residência. Se possuíam água limpa e alguma espécie de saneamento, era porque resolviam os problemas sozinhos.

– Tudo bem – disse Marisa, tentando não esboçar nenhuma reação. – Considere as operações de construção interrompidas até resolvermos isso da papelada.

Que ela bem sabia que nunca seria resolvida, a tirar pela vontade do Governo de interferir, de repente, nas operações. Afinal, fazia décadas que a estação Bom Jardim estava em construção, e, se dependesse de Marisa, o Governo os deixaria em paz até a construção ser finalizada e o quilombo sair vazado para o espaço.

– Nesse caso, você se importa se a minha equipe montar acampamento próximo daqui? – quis saber o delegado. – Por enquanto, basta a suspensão das obras, mas se passar da data limite e o alvará não for aprovado, a estação espacial precisará ser desmontada. Vamos fiscalizar o desmonte.

– E qual é a data limite?

– Quatorze dias úteis, a partir de hoje – disse ele, com um sorriso sem graça.

Desgraçado!

Marisa manteve a expressão plácida diante da afronta.

– Tudo bem, podem acampar por aqui, mas fora da área do quilombo.

O sorriso do delegado morreu. Isso significava acampar no meio do lixo, sem internet, água ou instalações adequadas. Marisa também tinha suas garras, afinal de contas.

– Tudo bem. Vamos acampar fora do quilombo, então. Pode ficar com a pasta. Espero que não seja necessária mais uma visita.

– Espero o mesmo, delegado.

Com essa troca de farpas, os policiais saíram em formação, passando pelos portões de Bom Jardim e embarcando nos voadores negros da Polícia Federal. O silêncio até eles sumirem da vista foi sepulcral.

Marisa se virou para Luana e perguntou:

– Tem como levar todo mundo lá para cima em quatorze dias úteis?

– Sim, só pra ficar ilhado lá em cima, sem poder ir embora e sem poder descer – respondeu Luana. – E eles iriam atrás da gente – concluiu Luana.

Marisa ergueu um braço para colocar a cria debaixo da asa. Ela encrespou os lábios enquanto o resto do pessoal começava a descongelar e vir para o centro, saindo dos barracos e dos contêineres empilhados que serviam como moradia.

— E agora? — perguntou alguém.

Marisa suspirou e esfregou o rosto, cansada.

— Agora todo mundo tem que descer, né? A gente tem que ver como resolver esse problema.

Demorou o resto do dia para quem estava lá em cima poder descer. Marisa não podia esperar sem fazer nada: não tinha mais espaço para tanta gente, com as ferramentas e equipamentos tomando o lugar que outrora pertencera aos barracos. Com a escala de rotação entre a Terra e a estação, o quilombo sempre estava ocupado pela metade, acostumara-se a ser assim.

E mesmo o espaço que ela havia limpado no centro não foi o suficiente. As pessoas se amontoavam, murmurando entre si enquanto esperavam alguma explicação. Luana, bem sentada na cadeira ao seu lado, mexia no celular, aparentemente distraída.

Mas se Marisa conhecia bem a filha, ela devia estar tramando alguma coisa.

Ela limpou a garganta e todos ficaram em silêncio.

— Boa noite. Não sei o que fazer. Vocês já devem saber: nosso sonho agora é ilegal. Ou vai ser ilegal em quatorze dias úteis, que é o tempo de a gente ajeitar a papelada que não tem como ajeitar, porque ninguém aqui tem identidade, CPF ou comprovante de endereço.

— Então é isso? Tem meia estação construída lá em cima e a gente vai deixar de ir embora por causa da polícia? — comentou Aparecida.

— A gente não vai deixar de ir embora, só tem que pensar em alguma coisa pra resolver esse problema. — Ao dizer isso, Marisa esperou que a incerteza não transparecesse na própria voz. — Alguém tem alguma ideia?

Luana levantou a mão e todos os olhares repousaram nela. Ela deu um sorrisinho arrogante e baixou o celular.

— Cês sabem que isso não veio do nada, né? — disse ela.

— Não pode ter vindo — Marisa respondeu. — Tanto tempo que a gente passou aqui sem ter problema.

— É que eu tava vendo no celular que essa semana o CEO da Faraday Explorations tá aqui pelo Nordeste conversando com o presidente. É só olhar as notícias. É ele que tá empatando a gente. Porque se a gente construir a estação Bom Jardim, ele não vai ser nem o único, muito menos o primeiro a fazer uma estação espacial autossuficiente, como ele tá falando para meio mundo que vai ser.

— Tá, e o que a gente faz?

— Confusão, né não?

*

Marisa só teria gostado que a confusão não tivesse a ver com ela esperando sem fazer nada enquanto Luana tentava hackear o sinal da Polícia Federal. Ela só podia ficar no sofá vendo Luana sentada em frente ao computador.

Ela nunca tinha contado à filha, mas foi no sofá daquela sala cheia de fios e de aparelhos que ela fora concebida.

Já fazia um tempo que Marisa sabia que Luana mexia com coisas erradas na internet, porque aparecia com dinheiro vindo de não se sabe onde e passava bastante tempo em seus próprios projetos paralelos enquanto Marisa estava na estação.

Tudo ali era ilegal mesmo, então ela não via sentido em brigar por aquilo.

E agora vinha bem a calhar.

Ainda bem que Luana tinha puxado da outra mãe, o único amor de Marisa, a aptidão para programação — e só podia ser genético, visto que ela morrera no parto. Não fosse por Luana, seria difícil achar outra pessoa para assumir o serviço de programar os sistemas da estação Bom Jardim. Estavam quase prontos, mas precisavam de ajustes muito importantes antes de zarpar da órbita.

– E pra que tu precisa desse sinal da polícia mesmo? – quis saber Marisa.

– É pra montar o nosso caso – Luana respondeu sem desviar o olho da tela. – Com certeza estão recebendo instruções de alguém sobre o que fazer. Aposto que tem coisa no meio.

– E acha que dá tempo de fazer isso? E se tu não encontrar nada?

– Com sorte, consigo decodificar o sinal e encontrar uma evidência mais forte, mas se não... já tenho tudo pronto pra detonar.

A mente de Marisa girou quando Luana explicou que fazia parte de web fóruns anônimos que acompanhavam a movimentação de diversos grupos brasileiros e internacionais às margens da sociedade. Tudo muito secreto. Na internet, Luana, que gostava de leite achocolatado no café da manhã, se chamava ebonydarknessravenway_69.

Ninguém saberia de onde tinha vindo a informação quando ficasse sabendo que o cabeça da Faraday Explorations era uma farsa e que o presidente do Nordeste estava tentando barrar a operação como favor, Luana garantiu. Saberiam que ela era a responsável, sim, mas ninguém sabia quem era ela. A troca de informações era feita debaixo dos panos.

– E tu sabe que quando a gente for embora não vai ter internet, né? – perguntou Marisa.

– Veremos.

Luana demorou vários dias para chegar a algum lugar. Dias em que as pessoas andavam de cabeça baixa pelo Bom Jardim, perguntando a Marisa se ela já tinha conseguido encontrar alguma maneira de resolver o problema enquanto os policiais andavam com armas em riste nos entornos do quilombo.

As máquinas? As máquinas eram perfeitas. Marisa confiava inteiramente nos *proxies* e nas criptografias de Luana para manter a anonimato on-line a fim de resgatar alguma informação importante do acampamento da Polícia Federal.

Mas Marisa não podia confiar tanto nas pessoas. Não que fossem entregá-las de graça, só que sabe-se lá quais métodos de tortura e quais promessas vazias a Polícia Federal faria em troca de respostas quando descobrisse que informações sigilosas tinham sido retiradas dos servidores oficiais – o que aconteceria se tudo desse certo.

Ao fim do sexto dia útil, Marisa entrou desanimada no contêiner que dividia com a filha e a encontrou sentada em frente ao computador, como de costume. A menina não disse nada, só apertou a barra de espaço do teclado, e as caixas de som da sala estalaram.

– Cês tão de olho mesmo na negrada aí, né? – disse uma voz masculina.

– Estamos, estamos... – disse uma segunda voz masculina, que foi reconhecida por Marisa: era a voz do delegado. – Tão bem quietos, muito quietos. Acho que as coisas vão azedar quando chegar o dia do desmonte, mas vamos garantir que tudo ocorra da forma mais discreta possível por lá...

– E se azedar?

– Se azedar, azedou, ué.

– Pode fazer aí o que tu achar necessário, que garanto aqui do meu lado que a investigação não dê em nada. No máximo tu se aposenta uns anos mais cedo. Nem vem me dizer que isso é ruim.

– Com salário integral?

– Ô, mas é claro!

Luana apertou a barra de espaço novamente e o som pausou. Marisa engoliu em seco. Ela sabia que no fim das contas a vida de todos no quilombo estava em risco por causa daquela confusão, mas era diferente escutar. O rosto de Luana estava cinza, meio sem cor.

– Tem como provar nesse áudio aí quem é que tá falando? – perguntou Marisa.

– Tem, tem sim. Eles falaram os nomes no começo da conversa. Mãe, e aí?

– E aí, neguinha, tem que ter coragem. Mesmo sem vazar esse áudio, a gente tá marcada.

Marisa se aproximou e apertou a filha junto ao quadril, evitando olhar demais para o que ela fazia na internet.

– Coragem – repetiu Luana. – Tudo bem. Vou soltar tudo hoje. E se eles vierem?

– Se eles vierem, a gente corre. Apronta uma mochila e deixa aqui na sala antes de divulgar o que tu vai divulgar. Não falei sobre o que tu estava fazendo pra ninguém, mas nunca se sabe.

Naquela noite, Luana compartilhou na nuvem mundial o dossiê cuidadosamente compilado. Tinha áudios, fotos, imagens de drone e de satélite, todos materiais que alguém, em teoria, podia conseguir sem nem pisar em Bom Jardim.

Na internet, ebonydarknessravenway_69 afirmou que vinha monitorando a situação daquele quilombo brasileiro, mas não queria criar alarde para não chamar a atenção internacional nem atrapalhar a operação. Disse também que não adiantava mais. O governo nordestino estava em alerta e buscava exterminar a estação Bom Jardim, tanto no céu quanto na Terra.

Marisa não botava muita fé na indignação pública. Isso não tinha impedido a prefeitura de Itapipoca de construir o lixão bem ao lado do quilombo, ou o presidente do Nordeste de aceitar o lixo de empresa estrangeira para poluir a água, o ar e o solo do país. Na época, Marisa ainda não era nascida, mas quando a região se emancipou foi um sopro de esperança para o povo nordestino. Porém, infelizmente, não foi por muito tempo.

O caso dos policiais acabou extrapolando as margens da internet, chegando aos grandes veículos de comunicação. Na manhã seguinte, já rolavam diversos links com as mídias selecionadas por Luana e o texto dela no web fórum. No outro dia, a matéria estava nos principais jornais do Nordeste e, assim, a notícia foi se alastrando pelo país, depois pelos países vizinhos e chegou até outros continentes pela imprensa oficial.

A internet estava em polvorosa, questionando a clara parcialidade da decisão de regulamentar a construção de uma estação espacial a mais de meio caminho de se tornar a primeira estação espacial autossuficiente – e móvel – do mundo. Ninguém, nem a Faraday Explorations, com sua fortuna e seus equipamentos de ponta, conseguiria aquele feito.

E, então, as boas notícias, depois do dossiê de Luana ter viralizado e abalado a imprensa internacional: a medida provisória foi revogada, e Bom Jardim ficou livre para levar o quilombo ao espaço. A notícia veio pela TV. O acampamento da Polícia Federal havia desaparecido de um dia para o outro; Marisa não ouvira mais falar do delegado que expedira o mandado de suspensão das construções.

Fim da história.

Apesar do final feliz, ficou decidido entre todo mundo do quilombo que a carga horária de trabalho seria aumentada. Os dias de oito horas se tornaram dias de onze, doze horas. O sentimento de que tudo acabara fácil demais não era apenas de Marisa. Ninguém na estação Bom Jardim conseguiu retornar à normalidade.

Inventariam alguma coisa, alguma outra razão para impedir que a estação ganhasse o espaço, e esse era só o cenário mais otimista. Arrastar o nome de um CEO trilionário para a lama não era o tipo de coisa que passaria sem um troco, e eles claramente não podiam contar com a proteção da República Federativa do Nordeste.

*

Marisa suspirou, deitada no sofá da sala do seu contêiner, exausta demais para tomar um banho e se deitar na rede. O som do teclado funcionando era quase uma canção de ninar.

Ela fazia questão de descer de dois em dois dias para ver como estava a filha, mas até Luana estava ocupada demais para conversar.

— Tô vendo de longe que isso não vai dar certo... — disse a menina baixinho, girando a cadeira para lá e para cá, coçando a cabeça coberta de *dreads*.

Marisa se sentou no sofá, sem energia para chegar mais perto e ver o que a filha estava vendo no computador e, francamente, sem vontade de fazê-lo.

— Que foi?

— Um passarinho me contou que um representante da Faraday Explorations se reuniu com a Organização das Nações Unidas hoje. Da última vez que o CEO se encontrou com o presidente, a Polícia Federal veio bater na nossa porta, lembra?

— Onde tu viu isso?

— Mãe, a senhora sabe que não posso revelar minhas fontes. Até porque nem sei quem foi que me contou. Sei que postaram na minha quebrada da *Deep Web* e me marcaram no post. Nem saiu em canto nenhum, descobriram por debaixo dos panos. A gente não é a única galera que a Faraday Explorations tá lascando no mundo. Para surpresa de ninguém.

— Então essa reunião pode ser outra coisa.

— Até que pode. Mas não vem me dizer que não é muita coincidência.

— Pior que é.

— E aí, mãe? O que a gente faz?

— A gente espera. Vê no que vai dar. Coisa boa, não é.

Mas Marisa não queria esperar sentada... Sabia que o único jeito de aquela confusão acabar seria zarpar da órbita terrestre. Ela não planejava terraformar Marte, mas a órbita marciana parecia ser um lugar tranquilo por um bom período. Tinha energia solar de sobra para os motores e o funcionamento da nave, e era longe o suficiente da Terra. Se alguém ousasse mexer com eles, teria que gastar muito dinheiro e tempo. Também poderiam estocar hidrogênio da atmosfera de Marte para a reserva de fusão nuclear, que já estava quase cheia, além de extrair água.

Era o lugar ideal para terminar de construir a estação Bom Jardim. Só faltava operacionalizar os motores e levar tudo para cima.

*

Marisa já havia embarcado quando descobriu o que o bambambã da Faraday Explorations pretendia fazer com "o monte de preto roubando" o monopólio de exploração espacial. No noticiário da noite, na televisão da área de convivência, a âncora do jornal das nove anunciou:

– Cercada por polêmicas, a Faraday Explorations anunciou em nota oficial que interromperá as operações de traslado de lixo espacial para países da América Latina. – Uma maneira chique de dizer que a empresa tinha transformado o continente em um lixão. – Como medida de reparação, recolherá todo o lixo enviado com ajuda dos governos dos países afetados. Será uma força tarefa multimilionária, que deve ocorrer ao longo de um ano e meio. O CEO ainda não se pronunciou sobre onde alocará o lixo e como o reaproveitará.

Marisa desligou a televisão, e ninguém que estava na sala de convivência protestou – deviam estar pensando o mesmo que ela.

– Ele vai vir aqui destruir tudo da gente, né? – Aparecida falou em voz alta, quebrando o silêncio que havia durado um minuto inteiro.

– Ele pode até vir para cá – disse Marisa –, mas quando chegar por estas bandas não vai encontrar mais ninguém.

Impossível, porém, ter certeza disso. A qualquer momento, a "ajuda do Governo" poderia ser acionada. Bom Jardim talvez tivesse algumas horas – com muita sorte, algumas semanas –, mas o evidente na ação caridosa do CEO da Faraday Explorations era que não havia muito tempo.

Marisa saiu da sala de convivência e foi para a horta da estação Bom Jardim, onde toda a comida seria cultivada quando zarpassem de vez. Sentou-se em um banco, pegou o celular do bolso da calça e ligou para a filha, tomando cuidado para não ser ouvida.

– Meu bem, tu viu o jornal? – perguntou assim que Luana atendeu.

– Vi sim. – A fala era entrecortada pelo som dos dedos teclando furiosamente, sem dúvida sobre algo ilegal. – Já tô acionando meus contatos. Não dá para mover um batalhão da polícia ou do exército sem deixar alguma espécie de rastro digital que dê pra usar... Tipo, para a gente saber quanto tempo temos para levar tudo o que falta aí para cima.

– E dá pra seguir esse rastro?

– Tem gente hackeando a Polícia Federal com computador tirado do lixo. Claro que eu sozinha não posso fazer muito, mas tô vendo se alguém pode roubar uma informaçãozinha aqui e ali dos servidores centrais.

– Pois então avisa todo mundo aí embaixo que é pra arrumar as coisas e ficar pronto para subir a qualquer momento. Nunca se sabe.

– Tá certo, mãe. Aviso sim. Te amo.

– Te amo, meu bem. Boa noite. Vou avisar aqui pro pessoal que hoje ninguém dorme.

*

slayer0000: ebony, vc tá aí?
ebonydarknessravenway_69: tô sim
slayer0000: estive monitorando a situação do Bom Jardim como vc pediu. achei que deveria saber que um avião do Exército saiu de Salvador rumo ao Ceará. o pessoal lá tem, sendo bem otimista, umas cinco ou seis horas pra zarpar

Na mensagem, vieram anexados vários documentos de itinerário de voo e coisas do tipo, mas dava para entender o fundamental: de quem era o voo, de onde saía, para onde pretendia ir.

ebonydarknessravenway_69: putz, valeu aí

Luana deslogou do chat com as mãos tremendo. Não fazia nem 24 horas desde que a notícia havia saído no jornal. Ela achava que teriam mais tempo... Em cinco ou seis horas – sendo bem otimista – não tinha como levar tudo para cima. Sabia disso porque, mesmo grudada no computador como estava, acompanhava o progresso da mãe com a mudança.

Ela fez uma ligação e pôs o celular no ouvido.

– Mãe?

– Que foi? Tá com essa vozinha por quê?

– Porque saiu um avião de Salvador vindo pro Ceará. A gente só tem cinco ou seis horas, no máximo.

– Mas que merda, hein? – murmurou Marisa. – Olha, é melhor tu desmontar as coisas por aí, enfiar tudo numa caixa, porque tu vai no próximo módulo que subir.

slayer0000: tá aí ainda?
ebonydarknessravenway_69: tô, pode falar
slayer0000: ...
slayer0000: eu sei que a primeira regra desse fórum é não dar detalhes pessoais, mas...
slayer0000: você por acaso está em perigo?

Mesmo sem dar detalhe nenhum, algumas coisas entregam, claro. Por exemplo, Luana sabia que slayer0000 não podia ser nordestina ou brasileira pela forma como as primeiras mensagens dela, em português, pareciam retiradas de tradutores automáticos. Ela se referia a si mesma com pronomes femininos. Fora isso, Luana nada sabia sobre a amiga virtual de anos, uma *hacker* de ponta cuja lista de peripécias encheriam um rolo inteiro de papel higiênico; muito do que Luana sabia se devia a essa pessoa anônima da internet.

Mas o anonimato não importava mais. Se tudo desse certo, Luana não teria mais acesso à internet dentro de algumas horas. Ela hesitou um pouco antes de responder.

ebonydarknessravenway_69: estou sim
ebonydarknessravenway_69: a gente precisa ganhar tempo
slayer0000: ok
slayer0000: olha, pelo que entendi, o quilombo é no meio de um lixão, e só dá pra encontrar por coordenadas de GPS, né?
ebonydarknessravenway_69: é
slayer0000: vou te enviar um arquivo que é um *malware* que eu fiz um tempo atrás, vai precisar de uma ajustada, mas serve pra embaralhar sinal de GPS a certo raio de transmissão, e a antena por aí deve ser boa se envia sinal de telefone e internet pra uma estação em órbita
ebonydarknessravenway_69: obrigada

— Mãe, ainda tá aí?
— Tô, o que é?
— Acho que posso fazer a gente ganhar tempo, mas eu preciso ficar por aqui.

*

Marisa marchou até o contêiner e achou a filha trabalhando fervorosamente no computador.

— Que história é essa de precisar ficar aqui? Tu sabe muito bem que tipo de ajuda humanitária vai chegar já, já.
— Sei, mãe, eu sei! Mas o plano é justamente atrasar eles pra que não cheguem aqui antes da gente conseguir levar todo mundo lá pra cima!

– Como, minha filha?

– Tenho que ajustar umas linhas do código ainda, mas um *malware* vai embaralhar o sinal GPS ao redor daqui e eles vão demorar pra achar o caminho. Mas vou precisar ajustar o código, e, depois, o programa tem que ficar rodando.

Marisa, derrotada, largou-se no sofá.

– Tem certeza de que consegue fazer esse tipo de coisa a tempo?

– Consigo, claro que consigo! O programa já tá quase todo pronto, uma amiga minha me enviou. Só preciso de uma hora ou duas pra terminar de ajeitar e pronto. Vai dar certo.

E, se não desse certo, seria capaz que todo mundo estivesse lascado. Era responsabilidade demais para uma menina de 16 anos. Marisa queria amarrar Luana e enfiá-la junto à carga que estava para subir para a estação Bom Jardim, mas não podia se dar ao luxo de ser uma boa mãe e colocar a filha em segurança.

– Tá. Tudo bem, não tenho mesmo muitas alternativas... Vou ficar de olho no celular. Qualquer coisa, me liga.

– Ligo sim, pode deixar.

Foi a hora e meia mais frenética da vida de Marisa: coordenar o transporte de cargas e pessoas, destacar um grupo para bloquear as entradas do quilombo com montanhas de lixo pegando fogo e rezar. Rezar para que Luana conseguisse embaralhar o sinal e tudo desse certo. Foi aí que recebeu uma ligação:

– Ei, mãe? Deu certo! O programa tá rodando. As tropas do Exército já estão aqui no Nordeste, pelo que soube das minhas fontes, mas eles não vão conseguir chegar até o quilombo.

Só então Marisa pôde realmente respirar.

– Certo, meu bem. Então, já que funcionou, vem me ajudar aqui, né?

Na área próxima ao quilombo, onde os módulos pousavam e decolavam, pessoas, caixas e cargas se acumulavam

– e não parava de chegar mais. Faltava quem organizasse as coisas nos compartimentos de carga, checasse o peso do que subia para não ultrapassar o limite máximo e também não ficar muito abaixo dele, o que significaria mais viagens.

Luana chegou faceira escutando música no fone de ouvido, se achando a salvadora da pátria.

Mas Marisa não quis sossegar e diminuir o ritmo. Era cansativo para todo mundo o processo de carregar, decolar, entrar em órbita, acoplar, descarregar, desacoplar, entrar em órbita... Ganhar tempo era diferente de resolver o problema. Não dava para desacelerar.

Quando estavam na última carga, os voadores da Polícia Federal e do Exército apareceram, sobrevoando o lixão ao longe, perdidos. Mas eles encontrariam o local se vissem os módulos decolando para a órbita, então agora tinham que esperar e tomar cuidado com as decolagens.

A última carga naturalmente era de coisas menos importantes, mas tudo aquilo faria falta. Tinha redes, tinha pertences pessoais... Pelo menos não restava mais ninguém para subir além de quem estava trabalhando no processo de transporte, como Marisa e Luana.

– Que droga – sussurrou a menina.

– A gente já tá na última carga, vai dar tudo certo.

Luana apertou os lábios, assustada, e Marisa segurou a mão da filha e a puxou para mais perto, as duas congeladas, observando o tráfego aéreo. Um voador da Polícia Federal ficou circundando cada vez mais perto do quilombo, pousando por fim na pracinha, bem ao centro.

– Meu computador! Se acharem meu computador e desligarem o programa, num instante os outros voadores vão encontrar a gente!

– Que delícia...! – exclamou Marisa, soltando a arma que passou a carregar junto à coxa. – Vou ter que ir até lá.

– Eu vou com a senhora!

– Vai nada, tu vai ficar aqui escondidinha.

*

Claro que Luana não ia se prestar ao serviço de ficar parada. Ela correu para um compartimento de carga de um dos módulos, agora abandonados, já que quem tinha ficado estava cobrindo Marisa. Remexeu o conteúdo de caixas e mais caixas de pertences dos outros quilombolas e achou o que estava procurando: um facão bem afiado. Ela não se garantia com revólveres nem pistolas, mas um facão resolveria o problema.

E era melhor que resolvesse.

Enquanto testava o peso da nova arma, escutou o primeiro barulho de tiro.

Luana andou agachada e, em vez de usar o caminho direto para a praça, deu a volta por fora, rezando baixinho para não encontrar nenhum policial no caminho. Escalou a escada de corda atrás da pilha de contêineres na qual estava o que ela chamava de casa desde que se entendia por gente e, quando chegou na janela, facão preso no cinto, viu que era tarde demais.

O delegado estava mexendo no computador de Luana, a arma dele descansando em cima do gabinete. Claro! Ele se lembraria do caminho para o quilombo mesmo sem GPS – afinal de contas, passara dias acampado nos arredores.

Luana não deixou o medo congelá-la. Caso se entregasse, estaria perdida. Se não fizesse nada, todo mundo estaria perdido. Sem os módulos, quem estava na estação não poderia captar recursos no solo de outros planetas.

Ela terminou de escalar o resto da escada devagarinho, passando da janela para o sofá no mais completo silêncio, os pés macios como patas de gato. Em um pulo ágil, pegou a arma e a apontou para o delegado, mesmo sem saber como mexer naquilo. De toda forma, o importante era o delegado estar desarmado.

– Pode parar aí – disse ela.

Bruno – esse era o nome daquele infeliz – levantou as mãos. Uma rápida olhada na tela denunciou que ele não tinha conseguido desligar o *malware*. Na verdade, ele estava mexendo nos arquivos de Luana... Afinal, ninguém conseguira descobrir de onde surgiu o vazamento daquele áudio da Polícia Federal. Sinal que os *proxies* funcionavam, mas não tinha *proxy* que desse jeito em alguém mexendo no computador dela.

– Então foi você.

– Claro que fui eu – Luana respondeu enquanto tentava pensar em um plano. O som de tiros continuava. – Vai passando lá pra fora.

– Tu nem sabe atirar com isso.

– Sei mesmo não, mas dá pra fazer um estrago com o facão. Vai passando!

O tiroteio cessou assim que todo mundo percebeu quem estava ali. O delegado, na mira de uma adolescente raivosa. Os policiais foram os primeiros a se mexer, armas em riste, cercando Luana. Só não foram mais rápidos que Marisa. Ela quase se materializou ao lado da garota, arma também em punho, pronta para atirar caso alguém ameaçasse machucar a filha.

– Tu tem alguma ideia do que tá fazendo? – murmurou ela.

– Mais ou menos. Minha ideia era segurar esse filho da mãe de refém até a gente poder ir embora.

– A gente não vai machucar o delegado – Marisa anunciou em voz alta, firme, como se aquilo tivesse sido premeditado. – Se vocês aí carregarem as coisas pra dentro dos módulos e deixarem a gente ir embora.

Os policiais ficaram parados, esperando algum sinal do superior enquanto outros voadores chegavam mais perto. O tempo estava acabando. Quando chegasse o Exército, o restante dos quilombolas seria facilmente rendido.

Luana cutucou o delegado com o facão.

– Anda! Diz aí pra eles obedecerem!

– P-podem fazer o que elas dizem – disse Bruno, a voz trêmula, um rastro de urina manchando as calças jeans. Depois, ele baixou o tom para um sussurro: – Isso é crime, sabia?

– E o que tu queria fazer com a gente não era crime, infeliz? – Luana retrucou. – Tenta ir prender a gente lá em cima.

*

As últimas estruturas foram parafusadas à estação em tempo recorde. Em poucos minutos, Luana remontou o computador no quarto que passaria a dividir com a mãe. Na órbita terrestre, ela ainda tinha Wi-Fi, mesmo que mais lento do que era lá embaixo.

E tinha, no máximo, uma semana para resolver o problema da internet.

ebonydarknessravenway_69: seguinte, tô tentando fazer um gato no satélite de longo alcance da Faraday Explorations
slayer0000: eita
slayer0000: pra quê?
ebonydarknessravenway_69: não tem internet em Marte, né?
slayer0000: tu tá na Bom Jardim?

Luana hesitou um pouco antes de responder. Que mal poderia fazer agora?

ebonydarknessravenway_69: tô
slayer0000: tá, acho que posso te ajudar, vamos ver se tem algo que dê para fazer

Foi o gato mais difícil que Luana já tinha feito na vida. Foram dias sem dormir – porque de manhã ela precisava terminar os programas da estação –, mas com uma ajudinha da amiga virtual, que por acaso já possuía alguns códigos, ela conseguiu acesso à internet via satélite, que enviava sinal até Marte.

    A primeira coisa que Luana fez depois de conseguir uma boa conexão foi enviar uma foto da vista da janela do quarto para a amiga virtual. Slayer0000 respondeu com uma *selfie* em que fazia uma bitoca na escrivaninha de um escritório, o uniforme da Faraday Explorations em destaque. Ela não devia ser muito mais velha que Luana, mas a pele negra costumava disfarçar bem esses detalhes.

    Foi uma festa na estação quando Luana anunciou que tinha conseguido um gato e que eles teriam conexão até mesmo em Marte, onde terminariam os últimos detalhes da construção.

    E assim Bom Jardim zarpou da Terra...

    Com internet e tudo.

O SHOW TEM QUE CONTINUAR

LAVÍNIA ROCHA

O PLANETA TERRA só tinha dado poucas voltas ao redor do Sol desde o começo do meu treinamento. Por mais que os Grandes Ancestrais tivessem me criado especificamente para aquela tarefa, as características humanas que vieram no pacote da minha personalidade cumpriam bem a função de me deixar insegura. Não era fácil lidar com a ideia de que agora eu integrava não só uma grande equipe de assistentes divinos, mas também a equipe da nave espacial responsável por cuidar de todos os humanos negros daquele enorme território denominado Brasil.

Eu conhecia muito sobre o universo na teoria, mas tinha certeza de que não era o suficiente. Sabia, por exemplo, que as equipes responsáveis por cuidar de grandes populações eram numerosas, mas isso não impediu que meu queixo caísse quando fui transportada para meu novo lar e vi a quantidade de seres divinos na nave, todos comprometidos com o mesmo objetivo; sabia que a tecnologia para um trabalho tão elaborado seria de ponta, mesmo assim, fiquei obcecada por tantos botões, luzes e ervas ao visitar a sala dos assistentes pela primeira vez – nem conseguia imaginar direito a quantidade de códigos que poderiam ser criados em um lugar como aquele! Tinha noção de como eram extensos os fios e cabos que conectavam a nave à Terra para que os códigos fossem enviados, mas fiquei em choque ao vê-los pela janela.

A criatividade das equipes dos Grandes Ancestrais era muito conhecida, mas nada foi tão especial quanto ver na prática alguns dos códigos da área da culinária. A feijoada, em especial, atiçou minha curiosidade. Outro momento marcante foi quando adentrei o universo da intelectualidade. Passei várias frações de volta ao Sol me deliciando com a complexidade dos códigos filosóficos que rondavam a mente dos humanos negros.

No campo das artes, me apaixonei pelo código denominado "samba" e passei a utilizar dispositivos invisíveis no ouvido para que ninguém desconfiasse que eu acessava as notas sonoras dos humanos enquanto trabalhava.

Fui tirada do transe em que me encontrava ao descobrir um novo sambista por Adaobi:

– Ifemyolunna! Você tá me ouvindo?

Minha superiora colocou as mãos na cintura e o raio de sol que entrava pela janela iluminou seu rosto, deixando ainda mais linda a pele cor de terra molhada que era apenas um pouco mais clara do que a minha.

– Me desculpe, Adaobi – respondi, sem conseguir pensar em uma desculpa coerente.

Adaobi esticou o pescoço para analisar o que havia na tela do meu computador e semicerrou os olhos ao encontrar os vídeos de sambistas ao lado da última publicação de um dos nossos grandes filósofos.

– Vejo que você se dedicou bastante a conhecer melhor os códigos que te mostrei, não é mesmo?

– Sim, senhora – disse com respeito, temendo pelo meu cargo. Eu nem sequer havia passado pela fase de treinamento! Os Grandes Ancestrais ficariam decepcionados.

– Pois agora chegou o momento de te mostrar o que anda preocupando a equipe. Me acompanhe, por favor.

Algo no tom da minha superiora não ornava com as notas festivas em meus ouvidos, de modo que retirei os dispositivos e segui Adaobi. Percorremos largos corredores, e eu tentei prestar atenção em cada porta pela qual passávamos na tentativa de coletar alguma pista sobre aonde ela me levava. Os Grandes Ancestrais definitivamente haviam sido generosos na porção de ansiedade ao me criar.

– A equipe responsável pelo Brasil existe há várias voltas ao Sol. No tempo dos humanos são aproximadamente seis séculos.

– Uau!

Eu sabia que, para nós, aquela quantidade de tempo não significava muita coisa, mas, para os humanos, representava inúmeras gerações.

– Como toda equipe, enfrentamos vários problemas, mas, de um tempo pra cá, estamos perdendo o controle. Todos os superiores concordaram em pedir reforços. Quero dizer, nem todos, mas no fim acho que ele acabará aceitando. Novos olhares como o seu, Yolunna, podem trazer outras perspectivas para a nossa equipe.

Levei as mãos às minhas longas tranças pretas sem saber como reagir à frase. Eu era um ser divino recém-criado, cheia de teorias e novos conhecimentos na cabeça, mas sem qualquer vivência. Havia acabado de descobrir, por exemplo, que levar as mãos às tranças era uma das minhas maneiras de lidar com a tensão que sentia. Como seria capaz de resolver o problema de uma grande equipe como aquela se ainda tinha tanto para aprender sobre mim mesma?

– É muita responsabilidade, Adaobi. Não sei se dou conta.

– Fique tranquila, existem novos integrantes em outros setores da equipe, e nós, os membros antigos, também continuamos trabalhando. Gostaria apenas que você me informasse caso visse algo que pudesse nos guiar a uma pista ou nos ajudar a melhorar. É provável que estejamos errando em algum ponto.

– Certo – concordei. Era o máximo que podia fazer naquele momento.

Minha superiora revelou um pequeno sorriso antes de abrir uma porta e indicar com a mão para que eu entrasse primeiro na sala.

Nunca tinha visto um lugar tão deslumbrante! Ao me criar, os Grandes Ancestrais não tinham poupado nas doses de paixão à tecnologia, e isso ficou óbvio quando vi todos aqueles painéis, telas, dispositivos, computadores e botões. Meu coração deu pulos. *Uau*, então esse órgão não servia apenas para bombear sangue!

– É sempre bom ver a empolgação dos novatos quando vêm aqui. Gostaria de deixá-la admirando nossos aparatos por mais tempo, mas o dever nos chama, e serei obrigada a te mostrar coisas não tão agradáveis assim.

Minha superiora colocou duas cadeiras em frente à maior tela da sala e começou a dar comandos a um painel. Não era como se eu estivesse à parte dos problemas que existiam no universo humano: os Grandes Ancestrais haviam feito uma introdução às injustiças e contado que o objetivo das equipes que cuidavam do povo negro era quebrar códigos perversos para construir um lugar melhor, mas nosso trabalho era atrapalhado de forma constante por aqueles que chamávamos de "os Outros".

Toda essa teoria estava bem armazenada na minha mente, mas o painel me mostrou imagens para as quais eu não estava preparada. Havia uma diversidade de códigos feitos pelos Outros que visavam à dominação do nosso povo.

Adaobi começou pelos primórdios da história do território brasileiro. As coisas pareciam ir bem antes de o nome "Brasil" ser usado. No início, havia apenas um povo comandado por diferentes ancestrais; eles tinham outra relação com o lugar e eu queria estudar mais a respeito deles, principalmente alguns de seus códigos que pareciam se cruzar com os nossos, como o da reverência à natureza. Mas não demorou muito para Adaobi me mostrar um código que quebrou toda a dinâmica daquele território e ficou conhecido como "colonização". Em seguida, surgiu na tela o que os humanos chamaram de "escravidão". Minha superiora parou quando percebeu o impacto que aquela parte tinha causado em mim.

– Essa é a pior tragédia que a nossa equipe carrega. Foram tantas voltas ao Sol trabalhando arduamente para destruir esse código! Era uma sequência grande, complexa e muito bem criptografada, os Outros amarraram tudo muito bem.

– E o que vocês fizeram? – perguntei com a voz um pouco embargada, me dando conta de que aquela sensação ruim dentro do meu corpo tentava sair a qualquer custo. Devia ser por isso que uma espécie de água salgada escorria pelos meus olhos. Seria dessa forma que o sentimento desagradável tentava se libertar de mim?

– Trabalhamos muito duro pra criar várias combinações capazes de competir com os Outros; os humanos chamaram esse grupo de códigos de "resistência". Mas, depois de séculos do tempo terrestre, quando estávamos prestes a quebrar a sequência "escravidão", os Outros viram que não tinha saída, que nós venceríamos essa, então inventaram a "redenção", uma chave feita às pressas que foi aplicada em uma tal princesa. Em um segundo, fizeram com que tudo parecesse resolvido, até hoje os brasileiros falam disso como um grande feito.

Adaobi tinha os lábios carnudos fechados em um bico e uma expressão revoltada no rosto. Eu conseguia imaginar que o rancor que ela sentia era muitas vezes maior que a minha revolta, que já não era pequena.

– Calma, então os Outros fizeram uma sequência que beneficiou seu grupo de humanos em troca de sofrimento negro e, depois, quando viram que iam perder o controle, criaram outro código pra resolver tudo e ficarem com a glória?

— Precisamente, Yolunna.

— Os Grandes Ancestrais não me contaram nada sobre isso.

— Eles preferiram que você visse nosso memorial com os próprios olhos.

— Compreendo — respondi, me sentindo um pouco enganada. Eles haviam me falado que tínhamos problemas para resolver, mas não que seriam coisas tão profundas assim!

Adaobi checou seu dispositivo pessoal e levou a mão rapidamente à testa antes de falar comigo outra vez.

— Esqueci que tenho uma reunião agora com os assistentes do Nível 2! Adoraria continuar te mostrando nosso memorial, mas o grupo está criando uma proposta para destruir o código "solidão da mulher negra" e preciso conferir isso.

— Solidão da mulher negra? — perguntei, sem saber o que aquelas palavras significavam.

— Difícil explicar agora, só te mostrei até 1888 do calendário humano, ainda resta muita coisa para ver até que você possa entender essa sequência que os Outros criaram. Mas nós vamos chegar lá! Agora preciso que volte à sua mesa. Somente superiores e assistentes a partir do Nível 5 podem ficar sozinhos no memorial.

— Certo. Amanhã continuamos?

Adaobi olhou preocupada para seu dispositivo, mas abriu um sorriso encorajador.

— Vou me esforçar ao máximo para isso.

Concordei com a cabeça, quando na verdade o que queria mesmo era implorar para que Adaobi terminasse de me mostrar a História do Brasil. Eu estava perplexa com o que tinha visto até então e não sabia o que esperar. Quantos outros códigos horríveis os Outros haviam criado desde 1888?

— A sala de reuniões fica pra lá. Não tenho tempo suficiente para te levar de volta à sua mesa, você consegue voltar sozinha? — minha superiora perguntou com uma expressão aflita, e eu soube que responder "não" estava fora de questão, por mais que não fizesse a menor ideia de qual direção deveria seguir.

– Claro!

– Ah, que ótimo – disse ela com um suspiro aliviado. – Até amanhã, Yolunna!

Adaobi saiu em disparada e eu me vi sozinha em frente à porta do memorial. Por uma minúscula fração de volta ao Sol, cogitei retornar e terminar de ver o que havia começado. Tinha escutado muito bem o que minha superiora dissera sobre não poder entrar naquela sala sozinha, mas havia algo borbulhando dentro de mim que eu não sabia nomear muito bem. De acordo com a teoria dos Grandes Ancestrais, aquele sentimento podia ser raiva, ciúme ou gases.

Não. Eu não devia quebrar as regras. No dia seguinte, Adaobi terminaria de me mostrar os problemas que os humanos negros tinham que encarar. Né?

Mas ela não havia prometido. Apenas dito que se esforçaria ao máximo. E se estivesse ocupada demais para continuar me apresentando o memorial? E se demorasse várias voltas ao Sol para me colocar a par de tudo? Eu precisava trabalhar em prol dos humanos negros imediatamente! Os Outros com certeza estavam criando sequências e mais sequências de códigos, e eu tinha que começar a decodificar e destruir! Quantos negros estavam sofrendo naquele exato momento, enquanto me decidia se quebrava ou não uma pequena regra?

Era isso. Os Grandes Ancestrais me criaram para ajudar com os problemas do povo brasileiro. Eu não podia decepcioná-los! Dei uma espiada pelo corredor, na tentativa de checar se havia alguém por ali e, em seguida, me voltei à maçaneta da porta. Algo dentro de mim, que supus ser a pitada de bom senso colocada em minha consciência, tentou me convencer a agir de acordo com as normas. Eu ainda estava em treinamento. Ser expulsa da equipe me impediria de ajudar os brasileiros de forma definitiva, e eu jamais descobriria o que veio depois de 1888.

– Com licença, quem é você? – Um superior surgiu atrás de mim, interrompendo a guerra interna com a minha consciência. Ele era alto, tinha a pele bem escura e um olhar desconfiado.

O susto que levei fez com que minhas pernas tremessem e, de todas as reações humanas que tinha experimentado até então, aquela foi a mais estranha.

– Hmm... eu... – respondi, enquanto engolia em seco, tentando recobrar algum equilíbrio. No crachá do superior, o nome "Utondu" vinha em letras garrafais, e eu sabia que ele era o responsável pelo setor da Ciência. – Eu sou Ifemyolunna, a nova integrante em treinamento.

– Ah, claro! Seja muito bem-vinda! – Ele abriu um sorriso afetuoso, e fiquei mais tranquila.

– Obrigada! Adaobi estava me apresentando o memorial, agora vou voltar à minha sala.

– Ótimo! Bom trabalho! – Ele acenou enquanto eu apressava o passo na direção oposta à que minha supervisora havia seguido.

Utondu abriu a porta do lugar para onde eu queria tanto voltar e suspirei, imaginando a quantidade de informação que aquela sala teria a me oferecer.

*

Assim que dobrei o corredor à direita, sem ter certeza se estava indo para o lugar certo, comecei a andar mais devagar e observar com cautela o que havia do lado de dentro das portas abertas. Entre vários assistentes divinos trabalhando em seus computadores de ponta, uma sala me chamou a atenção: o ambiente era grande e repleto de plantas e ervas no chão, nas paredes e no teto. No meio de tanto verde, computadores *touch screen* mostravam informações a uma assistente divina relativamente jovem. Os Grandes Ancestrais haviam se inspirado na noite para criar seu tom de pele, assim como haviam feito comigo, e provavelmente tinham destinado a ela grandes porções de foco, pois a assistente demorou várias frações de volta ao Sol para me perceber ali.

– Posso ajudar? – ela disse, enquanto eu ainda estava catalogando em minha mente as espécies de ervas que havia na sala.

– Ah, por favor, sou nova aqui e estou perdida – respondi, usando a desculpa que mais me parecia útil naquele instante. E, bem, não era mentira.

– Ah, uma das novas integrantes! – Ela abriu um sorriso.
– Bem-vinda à nave. Estamos em apuros.

– Pelo que andei vendo, parece que sim.

– O que já viu?

– A História do Brasil até 1888 e sua expressão preocupada encarando esse computador aí.

Ela soltou uma risadinha e checou a tela novamente.

– Tá difícil criar um código contra a pressão alta.

– O que é isso? – perguntei depois de conferir todo o meu armazenamento de teoria, sem encontrar nenhuma correspondência.

– É uma doença humana que afeta mais o povo negro.

– Por quê?

Ela me olhou por alguns segundos, na dúvida se devia explicar ou não. A assistente fechou um pouco os olhos, montando uma expressão que eu tinha aprendido a identificar como desconfiança.

– Fica entre nós – falei baixinho, para tentar convencê-la.

– Uau, os Grandes Ancestrais acabaram de te criar e você já aprendeu as habilidades da fofoca.

Soltei uma risada antes que seus olhos se voltassem ao computador.

– Bem, se você chegou até 1888, deve ter visto a teia de códigos emaranhados que formavam a escravidão. Na hora de raptar nosso povo negro do continente africano, os humanos comandados pelos Outros os colocavam em péssimas condições dentro de navios. Muitos morriam desidratados, e os que sobreviviam eram aqueles que tinham maior capacidade de reter sal, já que o sal retém água. Acontece que isso também significa uma maior facilidade para desenvolver pressão alta, e é por isso que essa doença é mais encontrada em pessoas negras.

Ela suspirou enquanto encarava uma muda de erva-doce à sua frente.

– Eu não sei como os Outros encaixam os códigos uns nos outros desse jeito. Parecem sempre prontos pra criar cadeias complexas que vão durar séculos humanos! E também não sei até que ponto estamos conseguindo realmente destruí-los. A gente conseguiu derrubar a escravidão de um jeito formal, mas na prática ela ainda está em tudo! E não consigo descobrir onde está o problema, sabe? Quando vou a reuniões e vejo as estratégias da nossa equipe, fico encantada. Temos assistentes incríveis que criam sequências brilhantes, mas quando recebemos os relatórios do mundo humano nem parece que estamos falando dos mesmos códigos que nossa equipe criou! Parece que chega tudo errado lá na Terra!

Fiquei surpresa com o desabafo inesperado e não consegui formular qualquer frase coerente. A assistente fechou os olhos por um segundo, parecendo esgotada, adotando um tom mais triste do que revoltado.

– São 614 anos do tempo humano! Parece pouco quando convertemos, mas é muito dolorido porque nós nos apegamos a eles entende? Quantos viveram vidas miseráveis e deixaram marcas de dor e sofrimento pros seus descendentes? Isso só acontece porque nossa equipe não consegue superar os Outros! Qual é o nosso problema? Será que somos menos competentes? Não é possível!

Ela me lançou um olhar profundo, e parecia esperar uma resposta concreta que colocaria fim a todos os problemas. Inspirei enquanto mexia nas minhas tranças, na tentativa de organizar algumas palavras de consolo, mas a assistente logo voltou a falar.

– Desculpa, eu não deveria jogar tanta coisa em cima de uma novata. Só estou um pouco exausta por criar expectativas e me frustrar em seguida. Nem sei por que ainda tenho esperança de quebrar o código da pressão alta. A sensação é de que não importa o que a gente faça, amanhã os Outros surgirão com uma nova sequência de doenças para o nosso povo.

– Ei, calma – falei, por fim.

Puxei duas cadeiras que estavam por perto e fiz um convite não verbal para que ela se acomodasse comigo.

– Pela minha teoria, frustração faz parte do mundo humano, e os Grandes Ancestrais gostam de nos criar com características humanas para que tenhamos mais noção do que eles vivem todos os dias.

Ela soltou uma risada e eu estudei seu rosto por um tempo.

– O que foi?

– É que é engraçado ver como você está cheia de teorias, mas ainda não tem muita experiência. Espero que isso signifique que você tenha uma grande reserva de esperança e novas ideias pra trazer luz para o nosso lado, porque às vezes tenho vontade de jogar tudo para o alto e avisar aos Grandes Ancestrais que desisti.

– Não! – falei mais alto do que tinha calculado, e ela se assustou. – Você vai desistir e aí o quê? Vai deixar os Outros controlarem tudo e inventarem códigos e mais códigos contra o nosso povo? Isso não me parece uma opção! A gente precisa insistir e tentar mais ainda!

Ela se surpreendeu com a minha resposta exaltada e ficou alguns segundos me encarando, depois relaxou na cadeira e desceu o olhar para o chão cheio de plantas.

– Sei que você está certa e que não é benéfico ter contato com tanto pessimismo... É só que alguns dias são mais difíceis que outros.

— Seu pessimismo não fez o menor efeito em mim, fique tranquila. Cada frase que você disse me deixou com mais sede de soluções. *Tem* que existir alguma alternativa.

— Estamos procurando as respostas há várias voltas ao Sol... — ela justificou, soltando um suspiro profundo.

— Mas será que estão procurando no lugar certo? – perguntei.

— Bom, essa é a nossa nave espacial, não temos mais onde buscar respostas.

— Mas ela é enorme! Algo está funcionando mal e não acredito que sejamos menos competentes.

— E o que você sugere? – ela perguntou, com um tom de curiosidade.

— Ainda não sei, mas vou pensar.

A assistente soltou uma risadinha e revirou um pouco os olhos. O que aquilo queria dizer?

— É bom ter carne fresca cheia de energia — continuou, achando graça de alguma piada que eu não havia captado, e se levantou da cadeira. — Mas agora preciso voltar a focar no trabalho, a pressão alta não vai se resolver com ilusões.

Cruzei os braços quando uma suspeita me ocorreu.

— Isso que você tá fazendo é o tal do sarcasmo? — Semicerrei os olhos para que ela compreendesse a minha desconfiança.

— Uau, você aprende rápido! — Ela soltou mais uma risada antes de se virar para o computador.

— As ilusões nos mantêm ativos. Se você não tivesse nenhuma, não estaria tentando criar um jeito de acabar com a pressão alta. "Em cada canto uma esperança" — citei o samba de um humano, Délcio Carvalho, em parceria e mais conhecido na voz de Dona Ivone Lara. A qualidade dos códigos que formavam sua discografia era incrível, eu estava viciada!

Ela encarou o computador, depois se voltou para mim, e eu soube interpretar que ela não tinha uma resposta para me devolver, mas tinha sido tocada pela minha fala.

— Vou descobrir um jeito de resolvermos tudo, e você vai me ajudar!

Levantei da cadeira decidida, me encaminhando para fora da sala.

— Eu? A gente nem se conhece!

Encarei o nome escrito na porta da sala e me virei para ela.

— Muito prazer, Azuka. Eu sou Yolunna.

Tentei imitar o sorrisinho sarcástico que ela havia me lançado antes, mas não sei dizer se consegui fazer direito, talvez precisasse treinar mais. Azuka balançou a cabeça, achando graça, e eu segui pelos corredores na intenção de encontrar minha sala.

*

No dia seguinte, não desperdicei nem uma fração de volta ao Sol sequer; a partir daquele momento, todos os meus esforços envolveriam encontrar uma solução para os nossos humanos.

Tudo bem, eu havia gastado uma fração *minúscula* para organizar uma boa sequência de canções de Arlindo Cruz antes de começar a trabalhar, mas não tinha culpa se os Grandes Ancestrais haviam me criado com esse ponto fraco para o samba!

Decidi começar estudando a sequência da escravidão. Algo ali precisava me guiar a uma pista. Azuka havia dito algo sobre isso ter acabado de um jeito formal, mas ainda estar presente em tudo. Como um código conseguia perdurar e se reinventar tanto? Deveria existir algum jeito de encontrar um descuido, um furo na sequência ou algo assim para destruí-la por completo.

Em meus ouvidos, Arlindo Cruz cantava:

Camarão que dorme a onda leva
Hoje é o dia da caça, amanhã, do caçador

Soltei uma risada pensando em como aquela frase era perfeita para o que eu estava sentindo: era hora de encontrar alguma fraqueza nos Outros para impedir que continuassem seu trabalho sujo.

– Ifemyolunna! – ouvi Adaobi gritando à minha frente e pausei a música correndo. – Sei que há dispositivos invisíveis em seus ouvidos tocando samba em alto e bom som, consigo ouvir daqui.

– Me desculpe, Adaobi, é que estou encantada – confessei, sem saber qual outro caminho seguir para escapar.

Ela desmontou sua expressão rígida e esboçou um sorriso.

– A parte da equipe que era responsável pelos códigos culturais era muito boa, realmente, não tenho como culpá-la.

Os olhos de minha superiora vagaram, distantes, e seu sorriso sumiu. Não consegui interpretar seus sentimentos porque ainda não conhecia aquela expressão, mas não parecia algo positivo.

– Mas isso não quer dizer que estou procrastinando! – Apontei para o computador na intenção de mostrar que estava tentando decodificar a sequência "escravidão".

Adaobi deixou escapar um sorrisinho que eu tinha aprendido a identificar como orgulho. Ela geralmente o esboçava quando algum de seus aprendizes fazia algo bom.

– Que ótimo!

– Acho que terei melhores condições de fazer esse trabalho depois que conhecer mais da História do Brasil. Ver as consequências desse código que persistiram até hoje vai dar uma baita ajuda para compreendê-lo melhor.

O rosto de Adaobi se tornou sério outra vez, e eu repassei mentalmente o que tinha dito, tentando encontrar algum erro que pudesse ter causado aquela expressão.

– Ah, Yolunna, foi exatamente sobre isso que vim falar com você. Estou atolada de reuniões emergenciais hoje. O código "encarceramento em massa" que os Outros criaram está trazendo graves problemas para os nossos humanos.

— Não há outra pessoa disponível para me acompanhar? — perguntei, decepcionada.

— Eu tentei, mas infelizmente estamos todos muito atarefados. As coisas vêm piorando muito rápido. Mas continue trabalhando com essa sequência! Nós a estudamos desde sua criação, mas talvez você possa enxergá-la sob uma nova perspectiva.

— Certo. Boas reuniões, tomara que consigam avançar!

Adaobi saiu com pressa, e suspirei, frustrada. Eu havia criado grandes expectativas para a continuação da História do Brasil e agora não fazia a menor ideia de quando poderia conhecê-la. Se as coisas estavam piorando, minha superiora ficaria cada dia mais atarefada, e eu, cada dia mais por fora da atualidade na Terra. Por exemplo, o que seria esse código do qual Adaobi tinha falado? O que ele significava, para começo de conversa?

*

— Preciso de você — falei, entrando na sala de Azuka e fechando a porta atrás de mim.

A assistente levou um susto, deixando cair a muda de babosa que segurava. Uma fita vermelha prendia seus cabelos crespos, e óculos grossos emolduravam o rosto jovem que analisava a planta antes da minha interrupção repentina.

— Yolunna! — ela reclamou, e eu me apressei para pegar a muda no chão.

— Desculpa, eu não queria te assustar.

— E bom dia pra você também. — Azuka retirou os óculos e levou uma mão à cintura, aguardando que eu começasse a falar. — O que você quer?

— Você tem autorização pra entrar no memorial?

— Não, eu acabei de ser promovida a assistente Nível 3.

Uma expressão desconfiada perpassou seu rosto.

– Mas você sabe como entrar?
– Yolunna, nós não temos autorização até o Nível 5. É a regra.
– Eu sei qual é a regra. O que eu perguntei foi se você sabe como entrar.

Azuka hesitou por uma fração mais longa de volta ao Sol. Mesmo que eu ainda não fosse uma especialista em reações humanas, aquela foi óbvia demais até para mim.

– Não... – ela enfim respondeu, com a voz trêmula.
– Bem, você acaba de me dar duas informações: primeiro, que sabe, sim, como entrar no memorial; e, segundo, que os Grandes Ancestrais foram bem mãos de vaca na hora de te dar a habilidade de mentir.

Azuka revirou os olhos outra vez. Eu estava começando a notar um padrão.

– Você mal me conhece, por que está propondo quebrar as regras comigo?
– Tudo é uma questão de perspectiva: você é a pessoa que eu mais conheço aqui, depois da minha superiora, e ela definitivamente não vai invadir o memorial comigo.
– Isso não é suficiente pra confiar em alguém! Eu podia muito bem ir agora até ela e contar o que você anda tramando – ameaçou Azuka, erguendo uma sobrancelha.
– Ah, por favor, me poupe, Azuka. Nós duas sabemos que você não faria isso. Eu já vi como se importa com o povo negro, vi o afinco com que trabalha pra encontrar um jeito de acabar com a pressão alta. Você precisa me ajudar! Minha superiora está muito ocupada e tenho a impressão de que ela não vai ter tempo nunca mais! Eu *preciso* ver o resto da História do Brasil pra conseguir decodificar a sequência "escravidão" de uma vez por todas!
– Nós estamos tentando decodificá-la por completo há séculos, por que você acha que milagrosamente vai encontrar uma resposta sozinha?

— Não sei... Mas preciso tentar, os Grandes Ancestrais me criaram pra isso.

— Eles te criaram pra quebrar regras? — Azuka me olhou com o que aprendi a identificar como um ar irônico, e eu ri.

— Pelo menos foram generosos nas minhas porções de coragem!

— Eu diria que pesaram a mão em "atrevimento", "insolência", "petulância"...

— Você vai me ajudar ou não? — cortei a frase antes que ela terminasse de citar o dicionário inteiro. — Por favor, Azuka! Existe uma boa razão para os Grandes Ancestrais terem me criado e me colocado aqui. Há algo errado e eu preciso me tornar útil para conseguir descobrir.

No início da fala, Azuka parecia pronta para negar, mas algo do meu argumento final mudou a expressão da assistente. Depois de um longo momento ponderando, ela suspirou e disse:

— Eu sei que vou me arrepender disso...

— Não vai, não! — exclamei, comemorando.

— Veja bem: vai ter que ser rápido, vou te apresentar um resumo de onde parou até o século 22, no qual os humanos estão agora. Você não pode contar a ninguém *mesmo*, principalmente porque eu vou usar a senha de Utondu, o meu superior, e ele é extremamente complicado, não pode nem *sonhar* que fiz isso. Nem mesmo assistentes novos ele queria para a nossa nave, imagina se descobre que estou ajudando você!

— Certo, prometo! A gente vai lá super-rápido e ninguém vai descobrir.

— Espero que esteja certa.

Meu coração começou a bombear o sangue com uma velocidade maior, e eu soube que estava ficando empolgada com a ideia de enfim conhecer a história completa do Brasil. Esse órgão não parava de me surpreender.

Azuka me colocou para espiar o corredor enquanto ela acessava o memorial com a senha de Utondu. Ondas de ansiedade me atingiam, em parte por estarmos fazendo algo escondido, em parte por dar mais um passo na direção do conhecimento.

Quando conseguimos entrar, vi no rosto de Azuka o quanto estava nervosa. Ela não desperdiçou nenhuma fração de volta ao Sol; primeiro, estudou o ambiente, e depois me levou até um canto do memorial, onde ligou um computador. A tela era inúmeras vezes menor do que a que minha superiora havia utilizado, que ficava bem no centro da sala, mas eu sabia que Azuka estava tentando ser discreta.

— Esse aqui é um dispositivo de penúltima geração, eles mal ligam, então ninguém vai perceber que foi usado.

Não vou negar que acompanhar as imagens pela grande tela era bem melhor, mas não demonstrei nada mais que gratidão a Azuka. Ela já estava se arriscando demais.

— Então, vamos lá. Depois da abolição, os Outros criaram um código chamado "República". Foi meio de surpresa, sabe? Parte da população nem sabia o que estava rolando.

Azuka seguiu resumindo a história do país do qual cuidávamos, e fui reagindo às novidades que o século 20 trouxe para o nosso povo.

— Calma! O samba era criminalizado? — perguntei, chocada.

— Assim como a capoeira. Nós sempre criamos códigos incríveis no campo da cultura, e os Outros não titubeavam para encontrar formas de inutilizá-los.

— Isso não faz sentido! Pesquisei sobre o samba do século 22 e não encontrei negros cantando, mas a lista de humanos dos Outros é enorme! E agora você me diz que nos primórdios o samba era ilegal? Como eles mudam de ideia assim? Ou eles estão no centro das coisas, ou então é crime?

— Ai, Yolunna, você vai ver muita coisa dolorida aqui, já adianto. Em alguns momentos, os Outros criam códigos fingindo que tudo estava caminhando para o bem, mas, em seguida, vemos que era só ilusão. Eu queria te dar uma chama de esperança, mas fica ainda pior na passagem do século 21 para o 22.

Levei a mão às tranças, nervosa por antecipação, e voltei a atenção para a tela, fazendo um sinal para que Azuka continuasse. Não demorou muito para entender o que ela queria dizer. Os humanos dos Outros reinventavam as formas de se manter no poder, e em todas as relações parecia haver um fragmento do código "escravidão". Era óbvio: ele não havia sido quebrado por completo, fora apenas reconfigurado, exatamente como Azuka suspeitava.

Abri meu dispositivo pessoal para anotar todas as características que julgava relevantes e que poderiam me ajudar a trabalhar no dia seguinte. Eu estava focada em destruir o que os Outros tinham criado para trazer sofrimento aos humanos negros, e aquele código parecia estar na raiz de tudo. Eles iam se ver comigo!

— Nossa, esquentou de repente — comentei enquanto procurava a temperatura do ar-condicionado.

Azuka apontou para o termostato, me fazendo perceber que a temperatura estava no mesmo padrão de sempre.

— Isso que você tá sentindo não é calor, Yolunna. É raiva.

— Raiva — repeti ao conectar a teoria que tinha armazenada sobre o sentimento com o que de fato me percorria. Endireitei minha coluna, tentando avaliar qual era a extensão daquelas sensações. — Sim, estou com raiva!

— Você tem motivos para estar, depois de aprender essas coisas.

— Se eu pudesse, iria agora mesmo até a nave dos Outros e destruiria tudo. *Tudo!* Azuka, são muitas voltas ao Sol de sofrimento! Não é possível!

— Estou há seis séculos repetindo a mesma coisa.

Encarei sua expressão exausta e me levantei de repente, sentindo meu corpo espalhar a raiva por todas as partes. Eu não conseguia ficar parada. Os Outros não podiam fazer aquilo com o nosso povo!

— Mas agora chega! — gritei mais alto do que tinha calculado. — Eu te prometo que trabalharei incansavelmente até destruir cada fragmento desse código. É preciso recomeçar do zero, olhar pra sequência como se nunca tivesse sido vista antes.

Azuka me devolveu um sorriso frouxo acompanhado de uma expressão triste, como se eu tivesse acabado de contar uma história impossível, um sonho distante.

— *Acreditar, eu não. Recomeçar, jamais. A vida foi em frente e você simplesmente não viu que ficou pra trás...* — Azuka cantarolou e eu imediatamente reconheci a canção de Dona Ivone Lara e Délcio Carvalho. — Você falando parece uma reprodução de quem eu era há várias voltas ao Sol.

— Você também gosta do código "samba"?! — perguntei empolgada, ignorando seu segundo comentário. Eu estava decidida a fazer renascer a esperança em Azuka e não deixar que ela ocupasse sua mente com pessimismo.

— Se eu gosto? — Ela soltou uma risada. — Eu era do falecido setor cultural, ajudei a criar a sequência do ritmo!

— Uau! — Ergui as sobrancelhas, admirada. — Mas como assim, falecido?

— Ah, Yolunna... Do início do século 21 pra cá, a vida negra teve de se reafirmar ainda mais como uma luta por sobrevivência, e nós tivemos que acabar com o setor cultural e realocar a equipe. Eu vim para área da Ciência pra tentar encontrar curas, por exemplo. A sua superiora também foi transferida, mas Adaobi foi pra área de emergência.

Me lembrei do sorriso frouxo da minha superiora ao falar da equipe de Cultura. Será que ela estava com saudade do setor?

— Eu não acredito! – Levei a mão ao rosto, desesperada.
— É por isso que não tem mais sambistas negros no século 22! Isso é um absurdo, Azuka! E os atores, escritores, diretores, ilustradores? A Arte Negra morreu? Não podiam ter acabado com o setor de Cultura assim!

— Yolunna, nossos humanos estão *morrendo* – ela falou em um tom bem mais baixo e sombrio do que o que vinha usando.

— Aposto que mais rápido ainda, agora que não podem contar com a arte.

— Eu entendo sua tristeza, de verdade. Você acha que foi fácil ver o setor cultural acabar? Nós fomos responsáveis por criar códigos incríveis! Vimos grandes nomes surgirem na Terra em todos os campos artísticos, mas... tivemos que priorizar outras coisas.

Eu não aceitava o fato de a arte ter sido afetada! Minha vontade era iniciar um protesto contra essa ação, mas quando vi os olhos de Azuka deixando escapar lágrimas sofridas, percebi que não era culpa das nossas equipes. Senti mais uma vez raiva dos Outros por terem influenciado nossas decisões, mesmo que de forma indireta. Eles não podiam fazer isso!

Voltei para perto de Azuka e, ao passo que meus olhos marejavam, senti algo esquisito em meu coração. Era nítida a tristeza que ela sentia também, e me perguntei se as emoções humanas podiam ser transmitidas assim, só pelo olhar. Quis ter o poder de devolver-lhe a esperança. Se ela havia dito que em algum momento foi como eu, então ainda devia ser possível encontrar a Azuka positiva de antes. Coloquei uma mão em seu ombro enquanto a outra tentava enxugar as lágrimas de seu rosto.

— *Mas iremos achar o tom, um acorde com lindo som, e fazer com que fique bom outra vez o nosso cantar. E a gente vai ser feliz, olha nós outra vez no ar...* – parei para que Azuka pegasse a deixa e terminasse a música do Fundo de Quintal.

De início, ela apenas estalou a língua e movimentou as mãos em um gesto de descaso, recusando-se a terminar o refrão. Mas, quando um sorriso tímido e saudoso nasceu em seus lábios, decidi tentar de novo.

– *E a gente vai ser feliz, olha nós outra vez no ar...*
– *O show tem que continuar* – ela enfim completou a música e sorriu, orgulhosa. – Você precisa parar com isso, está me fazendo lembrar do quanto eu amava o setor da Cultura.
– Escuta o que vou te falar: nós vamos reverter o que os Outros andam fazendo, instaurar paz aos nossos humanos e voltar com a arte. *A chuva tá caindo, mas o samba não pode parar* – citei outra canção célebre na voz de Dona Ivone Lara, e ela riu. – Até porque preciso de novas canções pra escutar enquanto trabalho, então vamos agilizar isso aí.
– Não acredito que vou deixar você ressuscitar minha esperança.
– Se ela estivesse morta mesmo, você não teria me trazido até aqui.

Azuka me encarou, sem resposta, e eu sorri, vitoriosa. Mas não pude comemorar muito, já que um barulho soou na entrada da sala e nossos olhares se encontraram, desesperados.

– Esconde aqui, vem, rápido! – Azuka me puxou para debaixo de uma mesa e fez um sinal para que ficássemos em silêncio.
– Como assim a minha senha deu erro? – uma voz que eu já tinha ouvido antes bradou, zangada.
– Não sei dizer, senhor, a minha funcionou normalmente.
– É um tormento não podermos fazer os testes na minha sala e esse ser o único lugar em que conseguimos captar o sinal direito. Essa nave ultrapassada e selvagem combina perfeitamente com esse povinho.

Ouvi um suspiro impaciente e um som robotizado quando a porta se fechou.

– Como é bom me livrar dessa cara horrível. Agora, posicione a humana no lugar certo.

– Sim, senhor Utondu.

– Não me chame por este nome medonho! Já não basta todo mundo nessa nave me chamando assim.

Tanto a palavra "humana" quanto o nome do supervisor despertaram susto em nós duas, de modo que encontrei as mesmas rugas na testa de Azuka. Coloquei a cabeça para fora da mesa por um breve momento, e meus olhos se arregalaram ao ver duas figuras estranhas e desbotadas ao lado de uma garota negra deitada em uma maca. Antes que eu pudesse ter certeza se era de fato uma humana, Azuka me puxou com uma expressão desesperada.

– Você confirmou se algum humano nos viu quando capturamos essa aqui? – aquele que pensávamos ser Utondu perguntou.

– Ninguém nos viu, senhor.

– Você sabe que eles ficam insuportáveis quando nos aproximamos, inventam história de alienígena e disco voador... Essas coisas mirabolantes.

– De fato.

– Isso porque... *Ah, não!* Não acredito que você trouxe os equipamentos antigos! Eu te falei que eles nos mandaram novos! E por que nos documentos dessa humana consta "senhora de 63 anos" se ela é claramente uma garota de no máximo 20 anos? Você é um inútil! – a voz zangada ressoou novamente, e eu me assustei.

– Me desculpe, senhor, deve ter havido algum engano. Vou agora mesmo confirmar.

– Isso vai demorar uma eternidade... Você busca os documentos corretos e eu pego os equipamentos novos. Cubra a humana para que ninguém a veja.

– Certo.

– E não se esqueça de vestir de novo a aparência asquerosa.

O som robotizado tomou a sala novamente e em seguida a porta se fechou.

– Precisamos sair daqui! Agora! – Azuka exclamou em voz baixa.

Nos levantamos, e eu busquei a humana com os olhos, mas ela não estava mais lá. A sala parecia igual a como estava no momento em que entramos.

– Eu vi uma garota deitada no centro, perto da tela maior! – falei, apontando para onde a tinha visto.

– Devem tê-la coberto com um lenço de camuflagem – Azuka respondeu enquanto caminhava em direção à porta.

Comecei a tatear o ar, indo na direção oposta.

– O que você tá fazendo, Yolunna? Precisamos sair daqui logo! – Azuka falou, com urgência.

– Não sem analisar a humana!

– O quê?!

– Você não achou estranha a conversa daqueles dois? Existe algo de especial nela!

Continuei avançando na sala e consegui colocar os dedos em uma espécie de tecido. Quando o puxei, uma parte se tornou visível e revelou uma garota deitada em uma maca coberta pelo tecido até os pés.

– Eles vão voltar, Yolunna. Precisamos ir logo! – Azuka me apressou, batendo um dos pés no chão com impaciência.

– Então vamos levá-la! – decidi, sem pensar muito.

– Você está fora de si!

– Sua sala é perto daqui. Você vigia o corredor, eu empurro a maca e nós a analisamos lá.

– E depois?! Fazemos o quê?! Batemos na porta e falamos: "Oi, licença, já terminamos, podem ficar com ela"? – Azuka se desesperava mais a cada segundo.

– Sei lá! A gente pensa nisso depois.

Cobri a garota com o lenço de camuflagem e comecei a empurrar a maca invisível, o que foi uma das experiências mais estranhas da minha curta vida. Azuka se colocou na frente da porta fechada, impedindo minha passagem.

– Eu não vou participar disso! Nem sabia que eram feitos testes em humanos!

– Exatamente! Tem alguma coisa errada aqui e nós precisamos descobrir o que é. É a nossa chance!

– Sinto muito, mas...

Antes que Azuka começasse outra desculpa, cortei a fala com uma expressão irritada.

– Se não quer fazer parte disso, não entre na sua sala nas próximas frações de volta ao Sol.

Enquanto ela formulava mais argumentos, dei a volta na maca e inseri o comando no painel para abrir a porta, mostrando que estava disposta a seguir meus planos mesmo sem a ajuda dela.

– Tá bom, tá bom – ela disse com pressa, posicionando-se atrás da maca e tomando meu lugar. – Vai conferir se tem alguém no corredor, que eu empurro.

Sorri para Azuka sem conseguir esconder a empolgação.

*

Quando entramos em sua sala, Azuka trancou a porta correndo. Ela esfregava as mãos sem parar, e seu rosto revelava muita tensão. Imaginava que o meu não estivesse muito diferente, mas enquanto ela tinha medo de ser descoberta, minha inquietação era por finalmente ter a oportunidade de conseguir novas pistas.

– Maldito momento em que aceitei te ajudar... – ela praguejou, andando de um lado a outro.

Deixei Azuka em seu momento de aflição e retirei o lenço de camuflagem da maca. A humana tinha lábios grossos, nariz largo, pele escura e seu cabelo era preto e liso. Ela estava tão quieta que me aproximei de seu coração para conferir se continuava batendo.

– Certo, vamos encarar os fatos: o que Utondu estava fazendo com uma humana escondida no memorial? – Azuka perguntou mais para si mesma do que para mim.

– Não era Utondu – me intrometi.
– Sim, era.
– Não, não era.
Azuka colocou as mãos na cintura e me encarou como se eu estivesse falando uma grande bobagem.
– Yolunna, ele é meu superior há algumas voltas ao Sol. Falaram o nome dele e eu conheço sua voz.
– E eu já o vi e sei que não tem uma pele desbotada como a daquela criatura.
– Pele desbotada? Utondu é da nossa cor!
– Exatamente! Tem algo errado aí. – Caminhei para perto de Azuka, sentindo as peças se encaixando naquele mistério. – Ele chamou nossa nave de selvagem e ultrapassada e disse "esse povo" como se não fizesse parte dele. Você nunca percebeu nada de estranho nele?
– Não... – Azuka demorou demais a responder e de novo fez aquela expressão que entregava o quanto era uma péssima mentirosa.
– Vamos, fale logo o que sabe!
– Não, é que... – ela parou outra vez.
– Como é mesmo que os humanos dizem? Desembucha? – Tentei aliviar o clima com aquilo que chamavam de piada, mas talvez eu não tivesse o dom do humor, já que seu rosto permaneceu sério e preocupado.
– Toda vez que consigo algum avanço na Ciência, Utondu diz que estou errada e que devo recomeçar o trabalho. E uma vez o escutei conversando no dispositivo pessoal e se referindo ao povo negro como algo inferior. Achei estranho...
– Como hoje no memorial!
Nós nos encaramos quando a mesma ideia pareceu percorrer nossas mentes, mas fui interrompida antes de conseguir confirmar se Azuka pensava como eu.
– Onde eu estou? – a garota da maca perguntou com uma voz grogue.

Entrei em pânico.
— A *humana acordou!*
Encarei Azuka, buscando por uma instrução do que fazer. Ela me devolveu um olhar irritado com uma careta que não consegui identificar.
— *Eu estou vendo!* — ela sussurrou e então se voltou para a humana: — Olá, você está no hospital. Você sofreu um pequeno acidente, mas vai ficar boa logo.
Enquanto eu me surpreendia com sua habilidade de improviso, a garota olhou ao redor, estranhando o ambiente.
— Por que aqui é cheio de mato?
— Hmm... é que... estamos tentando fazer uma sala experimental de recuperação. As plantas purificam o ar e melhoram a condição dos pulmões do paciente.
— E você é médica? — Ela uniu as sobrancelhas.
A expressão da garota era de pura desconfiança.
— Sim.
A humana encarou Azuka de cima a baixo.
— O que foi? — a assistente quis saber.
— É que... não costumo ver médicos assim... parecidos comigo — ela disse.
— Negros? — perguntei, confusa, para ter certeza do que ela falava.
— Não, o que é isso! Imagina! — a garota reagiu como se eu tivesse dito um absurdo. — Moreninhos.
Uma interrogação se formou na minha cabeça. Por que aquela repulsa? O que estava acontecendo ali?
— *Moreno não é cor de cabelo?* — cochichei para Azuka, confusa.
— *Depois te explico* — ela respondeu e logo em seguida se voltou para a garota, que ainda observava o ambiente. — Você não acha estranho haver poucos médicos negros... quero dizer, *morenos?*

— Ah, os que chegam lá é porque fizeram por merecer, né? Não tem nada a ver com a cor, somos todos iguais. Quem quer vencer na vida consegue.

— Mas você não acha que a escravidão tornou tudo mais desigual para os... para as pessoas morenas? – perguntei, meio contrariada por ter que usar aquelas palavras.

— Ah, claro que não! A escravidão já acabou há muitos e muitos anos, graças à princesa Isabel. Depois disso, as injustiças acabaram e ficou tudo bem. Vocês não são daqui? O Brasil é a terra da miscigenação!

Aquilo só podia ser uma grande brincadeira. Talvez tudo se tratasse de um teste: eu havia acabado de começar o treinamento, e eles precisavam ver como eu reagia a situações como aquela. Fazia sentido, né? Era a única explicação.

Azuka se afastou de nós e colheu algumas folhas perto de seu computador. Ela as misturou em um copo com água quente e voltou para perto da maca.

— Quando vou ser liberada? Me sinto ótima!

— Em breve! Você só precisa tomar esse último remédio e vamos comunicar a alta à sua família.

Observei a assistente entregar o copo à garota, que olhou a fumaça com desconfiança.

— Nesse hospital vocês não usam comprimidos, não?

— É que assim faz efeito mais rápido. Pode confiar em mim. – Azuka sorriu para a garota e, por uma fração de volta ao Sol, até eu acreditei em suas palavras.

Não demorou muito até a garota voltar a dormir profundamente, e eu encarei Azuka sem acreditar que ela tinha dopado a humana.

— Ainda tínhamos várias perguntas para fazer! – reclamei.

— Não, Yolunna. O que nós temos para fazer é contar o que está acontecendo para um superior. Você ouviu o que essa garota disse? Precisamos de instrumentos para analisar quais códigos dominam a mente dela! Tem algo muito bizarro acontecendo!

— Vou chamar a Adaobi. Talvez ela queira nos matar, mas é a única pessoa em quem podemos confiar nesse momento.

Encarei a humana enquanto Azuka seguia para o comunicador interno para chamar a minha superiora e com certeza me fazer ser expulsa da nave. Onde havíamos nos metido?

*

As batidas na porta levaram meu estado de nervosismo às alturas. Quantas regras havíamos quebrado? Adaobi só aceitou deixar seu serviço para trás quando Azuka disse que era um caso de vida ou morte, e assim que ela entrou na sala com uma expressão impaciente, soube que era o segundo caso. Onde eu estava com a cabeça? Tínhamos roubado uma humana! De um supervisor, ainda por cima! De repente a possibilidade de ser expulsa pareceu muito maior do que eu imaginara.

— O que significa isso? — ela pronunciou cada palavra pausadamente ao encontrar a maca com a humana no centro da sala.

Adaobi tinha os olhos arregalados e os revezava entre mim e Azuka. Ela tinha uma mão na cintura e a outra na cabeça, e eu reservei aquela pequena fração de volta ao Sol para aprender mais uma expressão humana.

— A gente acha que Utondu é um Outro e está disfarçado para prejudicar nossa equipe, aí a gente roubou essa humana dele pra impedir que fizesse alguma coisa de ruim e pra poder estudar um pouquinho, também — soltei tudo de uma vez só, sentindo as palavras se atropelarem.

— Yolunna! — Azuka me repreendeu.

— O quê?! Não foi a essa conclusão que a gente chegou? — perguntei e ergui os ombros, sem entender sua reação.

— Sim, mas não era pra gente soltar tudo de cara assim! — ela falou em voz baixa, olhando para o chão.

— Vocês vão me explicar exatamente o que estão dizendo! – Adaobi gritou assim que fechou a porta atrás de si.

Azuka e eu começamos do início. Não foi fácil expor para Adaobi o que tínhamos feito, principalmente por ver seu rosto decepcionado e irritado ao mesmo tempo a cada revelação. Falamos da invasão ao memorial, de quando quase fomos pegas, da conversa que ouvimos, da cor desbotada de Utondu, até contarmos o que tínhamos acabado de ouvir da humana. Azuka terminou a explicação com as desconfianças sobre seu superior.

Uma longa fração de volta ao Sol se passou até que as ideias parecessem se ajeitar na cabeça de Adaobi. Por fim, ela respirou fundo e voltou a nos encarar.

— Essa é uma acusação muito séria — ela disse por fim, e soltei a respiração que estava prendendo.

Minha superiora pegou seu dispositivo e se aproximou da humana deitada na maca. Uma tela holográfica surgiu acima da cabeça da garota, e eu corri para ver o que rondava sua mente. Reconheci o código "colonização" e o código "escravidão", que eu vinha estudando com tanto afinco. Não eram exatamente as mesmas sequências, o que provava ainda mais que a teoria de Azuka estava correta: eles nunca haviam sido destruídos, só transformados.

— O que é isso? — apontei para uma sequência longa e complexa que parecia formar uma corrente. Me chamou a atenção porque nunca tinha visto antes.

— Parece ser o "mito da democracia racial" — Adaobi respondeu, com uma expressão de asco. — No início do século 21, estávamos conseguindo alguns avanços para decodificá-lo e quebrá-lo, mas os Outros viraram o jogo, complexificaram o código, e as nossas tentativas foram em vão. Daí para frente, tudo pareceu se elevar a níveis catastróficos. É muito mais fácil para eles quando os nossos humanos acham que não tem nada de errado acontecendo.

— Não foi mais ou menos nesse momento que fomos realocadas da equipe de Cultura e Utondu se tornou um superior? – Azuka perguntou.

As duas se encararam, e eu quase podia ouvir seus cérebros fazendo as contas.

— Você acha que... – Adaobi começou, mas não conseguiu terminar.

— Utondu sempre esteve entre vocês, roubando o trabalho, modificando os códigos e fornecendo informações aos Outros porque *ele é um Outro* e esteve disfarçado esse tempo todo! – soltei o que elas pareciam não conseguir dizer em voz alta.

— Se isso for verdade... Oh, não! Tantas voltas ao Sol trabalhando ao lado do inimigo, vendo as vidas negras se esvaírem e o código "colonização" alcançar as mentes dos nossos! Todo código que enviamos à Terra passa por nós, os superiores. Utondu deve reconfigurá-los ou, no mínimo, enviar as sequências aos Outros para que consigam elaborar anticódigos e destruir o que fazemos.

— É por isso que as coisas só têm piorado desde o século 21! – Azuka concluiu.

— E ainda ficamos sem o setor da Cultura... – falei, sentindo uma dor no coração.

Quantas gerações havíamos perdido não porque o trabalho de nossa equipe era insuficiente, mas porque os humanos negros não conseguiam sequer ver nossos códigos, afetados demais pelas sequências dos Outros?

— Mas isso acaba aqui. Vamos reportá-lo aos Grandes Ancestrais, e Utondu nunca mais vai tocar em nossos trabalhos. Nenhum humano negro vai continuar carregando as amarras desses códigos em suas mentes.

Com a mão na cintura e uma pose altiva, Adaobi abriu a porta e saiu da sala, decidida. Em seguida, virou-se para trás, revelando uma expressão impaciente.

– Vamos, andem logo! Vocês são as testemunhas de tudo o que aconteceu e do que vai acontecer. É o fim de uma era. E o início de outra.

Olhei para Azuka, que tinha um largo sorriso aberto na boca. Me permiti acompanhar suas emoções ao pensar no que estava por vir. Finalmente poderíamos construir um mundo de paz para os nossos.

– *O show tem que continuar* – cantarolei mais uma vez, e Azuka deixou uma gargalhada escapar enquanto seguíamos minha superiora.

Acompanhei sua alegria quando me dei conta de que agora o futuro parecia ter um tom muito bem definido: o negro.

SEXTA DIMENSÃO

STEFANO VOLP

Alfredo

OS OLHOS amendoados de Fred aparecem refletidos na tela do monitor. Neles, mesclam-se o desconforto, a raiva e o medo. Agora, muito medo. Já que nada pode ser feito, ele ignora o sentimento e o disfarça.

Volta a olhar para vislumbres de seu reflexo na tela. A base de dados que substitui seu cérebro lhe indica que nem sempre foi assim. Antigamente, quando pessoas como ele ainda moravam em casulos secretos desenvolvidos por inteligência proibida, os humanos deslizavam a ponta dos dedos sobre as telas. A raça humana não imaginava que, em alguns anos, seria extinta.

Fred não é humano, mas também está em extinção. É um humanoide modelo RY678, um dos primeiros de pele negra legalizados pelos Estados Unidos do Brasil. Apesar de ser antigo, graças às sinapses atualizadas ao mais alto nível de inteligência, seu *serial* evoluiu, tornando-o uma potente raridade.

Uma das vantagens de ser um humanoide é ter um chip capaz de acionar comandos na tela por leves movimentos da pupila. Uma das desvantagens é saber que, apesar da aparência humana em todos os trejeitos possíveis, no fundo, um humanoide sempre discerne um do outro. E, talvez por isso, todos se achem iguais.

Fred e os outros 76 empregados e empregadas, todos de terno branco e exalando um perfume quase etílico, ocupam a sala espelhada, cada um com seu visor de ultraprocessamento. Erguidos por pedestais de vidro, os monitores parecem suspensos no ar.

Enquanto verifica o funcionamento das câmeras no Bairro C66, ele sente o medo voltar a lampejar em seus olhos. A memória da noite passada se aloja nas paredes de sua mente, cada vez mais intacta, e então... se esvai.

Havia sonhado pela enésima vez com um homem. Apesar do mesmo tom da pele escura, aquele outro era muito diferente. Corpulento e com o semblante fechado. Olhinhos pequenos e travessos, como quem esconde segredos por pura diversão.

Apesar de se parecer fisicamente com um humano – inclusive com órgãos e estímulos sexuais – e de abrigar incontáveis sinapses emocionais, Fred é um computador vivo. Criaturas desse tipo são incapazes de esquecer informações. Então, como é que...?

Fred já havia vasculhado a própria memória incontáveis vezes. Nenhuma das faces armazenadas se parecia com o rosto do sonho. De vez em quando, como agora, no meio de outra tarefa, as imagens brincavam de assustá-lo. Mas na mesma velocidade que o rosto aparecia, desaparecia...

Por que me lembro e, imediatamente, não me lembro desse rosto? O que há de errado comigo?

Fred ainda está se interrogando quando uma pequena caixa de texto pula no canto direito de sua tela.

"*Fred? É você?*"

Uma pontada programada espeta seu coração. Ele congela. Remetente anônimo, algo incomum e proibido. Precisa seguir a programação e reportar a invasão o quanto antes, mas então...

"*Amor da minha vida. Por favor, não me denuncie. Posso explicar.*"

Fred segura a vontade de espiar os colegas próximos e ter certeza de que sua tela não está sendo vista. Seu cérebro projeta uma sensação estranha, como se uma corrente gelada se espalhasse por todo o corpo debaixo da pele. Transparência é um dos primeiros lemas da nação, mas que tipo de sistema enviaria um vírus de modo tão arcaico e... romântico? *Amor da minha vida?*

Usando apenas os olhos, ele tenta distribuir comandos para a tela, mas não consegue verificar a infecção. Algo está impedindo seu computador de funcionar.

Protocolo de alerta máximo.

Fred olha para a caixa de texto. O remetente está digitando. Precisa fazer a denúncia. *Agora.* Quem quer que esteja do outro lado não para de digitar. Chega! Fred sabe que pode sofrer graves acusações, pode até ser desativado. Engole a curiosidade boba. Pisca pedindo um botão de emergência. Está pronto para apertá-lo quando a mensagem anônima diz:

"*Sei com quem você tem sonhado.*"

Silêncio.

Tudo. Fica. Parado.

Fred se esquece de respirar. Encara a mensagem algumas vezes, como se ela tivesse olhos. Seu cérebro lhe avisa sobre um aumento na velocidade de seus batimentos cardíacos, e o humanoide faz todo o esforço possível para não emanar tensão e despertar os colegas.

Reflete, pede um campo de digitação. Quando pensa, as palavras brotam na tela:

"*Quem é você?*"

Enviar.

Anônimo digitan...

"*Sou o homem com quem você tem sonhado.*"

Homem. Essa palavra é raramente usada. Fred engole em seco. A corrente fria agora arranha sua pele feito pontudas garras de gelo.

Para não atrair desconfianças, ele controla o ímpeto de franzir as sobrancelhas ou demonstrar qualquer sinal de curiosidade e excitação. Mantém a cara apática.

"*O que você quer?*", pergunta.

"*Me encontre no banheiro da Zona Verde. Estarei na cabine G5. Esteja sozinho.*"

*

Os humanoides não demoraram para entender que o tempo, como era conhecido e herdado da raça humana, não passava de mais uma invenção mal aproveitada. As eras e os ciclos do planeta em que habitavam nunca dependeram dos números criados para calcular as passagens. Uma hora, duas, três, seis, doze... O universo havia fornecido possibilidades, como o giro da Terra em volta do Sol e de si mesma – e muitas outras, desprezadas pelos humanos. Mas isso não era tudo. O planeta tinha muitos ciclos. As diferentes formas de natureza contavam o tempo, cada uma à sua maneira. A diferença era que os seres humanos ignoravam a riqueza dos ciclos alheios, colocando-se como a mais importante criação no mundo. Mas não havia sequer lógica nessa construção.

Assim como todos os outros humanoides, Fred sabe disso e não imagina de que modo o *homem* do outro lado da tela poderia se organizar. *Me encontre no banheiro da Zona Verde*, foi o que ele disse. Nenhuma pista de horário. Será que o homem estudava seus ciclos de trabalho dentro da Cúpula?

É difícil, mas Fred faz o possível para não divagar enquanto desempenha suas funções de trabalho pela tela, como se nada tivesse acontecido. Aguarda, ansioso.

Nunca sentiu fome em toda a vida, mas se cansa bastante. Os últimos humanoides receberam correções com muito mais disponibilidade para reter energia, mas Fred não é como os demais. Seu processador é antigo, e ele costuma aproveitar as pausas para descansar.

Dessa vez as coisas são diferentes. Quando a segunda pausa do dia é anunciada, ele volta a sentir os arrepios. É agora ou nunca.

Cumprimenta os outros humanoides por onde passa e caminha até os fundos silenciosos da Zona Verde, uma área deserta onde ficam os alojamentos dos robôs responsáveis pela limpeza.

Os socos no peito de Fred chegam a 150 por minuto, e ele simplesmente sabe. Ignora um ou outro olhar curioso. Suas roupas alvas refletem a branquitude das paredes, do chão e do teto, em contraste com os tons de sua pele. Finalmente, ele segura a maçaneta gelada e entra em um dos banheiros silenciosos. Para diante da cabine G5. O coração, agora, a mil. Há alguém à espreita. Um corpo silencioso o aguarda atrás da porta. Os pelos dos seus braços ficam em pé. Ele tem vontade de recuar, mas quer descobrir a razão daquele sonho esquisito. *Amor da minha vida.*

Entra na cabine. Então o homem do lado de dentro prensa a porta, isolando-os no cubículo de poucos centímetros quadrados.

Salomão

Salomão tranca a porta, e suas mãos apressadas logo retiram o capuz, a máscara e os óculos. Não teve tempo para roubar a vestimenta de um dos humanoides ou de planejar melhor a missão, mas sabe que de nada adiantaria. De um jeito ou de outro, seu fim está próximo – a menos de cinco minutos.

Então, de repente, olhar para Alfredo bem em sua frente, respirar o mesmo ar, vê-lo de verdade a poucos centímetros de sua pele... A emoção liga uma turbina desesperada dentro dele, e o homem precisa lutar contra todos os impulsos do próprio corpo. Só quer abraçar seu amigo, seu parceiro, seu quase-homem.

— Você é humano. — A afirmação de Fred parece uma pergunta.

Quando ouve aquela voz, Salomão se afoga na onda de nostalgia que o arrasta para o fundo do mar. As pernas bambas. A pequena cabine parece destiná-los ao abraço que, até o momento, só Salomão quer dar.

— Que saudade, cara. — É tudo que Salomão consegue dizer, represando as emoções na garganta. — Esperei muito pra te ver de novo.

— Não conheço você.

— Conhece — afirma Salomão, tentando se controlar para não assustá-lo. — De outra dimensão. Estamos na sexta dimensão.

— Isso é impossível.

— A gente se conheceu na primeira. Nos apaixonamos. Estou procurando você há muito...

Fred recua meio passo, e suas costas se chocam com a parede de azulejos. As pupilas se mexem de um lado para o outro, e Salomão sabe exatamente o que ele está tentando fazer.

— Quanto tempo? — pergunta Fred.

— Cinquenta anos, Alfredo. Cinquenta anos.

Salomão não sabe se chora ou se sorri. Uma lágrima quase escapa do rosto jovem de quase 30 anos de idade. Fred o observa, confuso.

— Isso é impossível.

— Anda, cara, não é impossível — insiste Salomão. — Você pode acessar esse tipo de informação. Pessoas como você descobriram como viajar entre dimensões. Foi depois da Quinta Guerra. Vocês se rebelaram contra nós, e depois de dominarem seus criadores, começaram a guerrear entre vocês mesmos. Tem que se lembrar.

— Eu... Seu rosto é...

Salomão não aguenta mais. Parte para cima de Alfredo, agarra-o pelo pescoço e pressiona os lábios dele contra os seus.

A princípio, o humanoide tenta reprimi-lo, mas Salomão não o solta. Beija-o com certa brutalidade uma, duas, três vezes. Aperta-o contra a parede. Na quarta vez, os lábios de Alfredo não estão mais tão duros. Seu corpo se afrouxa. O beijo vai se tornando maleável. As línguas se encontram. Lágrimas brotam dos olhos de ambos. Então, mesmo desejando que aquele momento jamais acabe, Salomão interrompe o gesto e dá um passo para trás.

Fred não consegue mais deixar de olhá-lo, mas agora seus olhos estão diferentes. Mais humanos do que antes, eles vislumbram lembranças.

– Salomão. É o seu nome.

Salomão cobre o rosto com as mãos enormes. A parte de baixo do abdome se contrai no esforço para não chorar. Tudo dói e explode por dentro. A saudade, o amor e a esperança.

– Somos casados – diz Salomão quando consegue voltar a falar. – Você é meu marido. – Ele ri.

Os dois se encaram em silêncio por um tempo. Fred ainda parecendo decidir se acredita ou não.

– Por que estamos aqui? – pergunta.

– Quando os humanoides começaram a lutar entre si, o ciclo se repetiu. Você foi dominado. Todos os outros robôs pretos da sua época foram. Proibidos de serem livres. Proibidos de se envolver emocionalmente com qualquer pessoa... mas nos apaixonamos. Descobriram e separam a gente.

Pela primeira vez, Salomão vê a irritação cobrir o olhar de Fred como uma sombra.

– Não consigo acessar nada parecido – reclama o humanoide. – Meu modelo não funciona bem com atualizações de intuição. Não fui feito para isso, mas... Minhas informações sobre dimensões são bloqueadas. Se você estiver certo, alguém me programou para não as ver. *Achei que fosse livre.*

A última frase sai amarga.

– Nada disso existe. Não estamos aqui nesta dimensão, Alfredo. Tem que acreditar em mim. Não há tempo para mais nada.

– O que quer dizer?

– Eles sabem de mim – responde Salomão. – Sabem da invasão.

Os dois se olham em silêncio. Salomão oferece a Fred alguns segundos extras para que ele absorva o senso de urgência. Então, retorna a falar:

– Não vão demorar para me achar. São cinquenta anos te procurando entre seis dimensões porque sua verdadeira consciência está, neste momento, presa em posse do Estado. Só há uma forma de te libertar na primeira dimensão, e eu não vou te perder outra vez.

– Você está armado.

Salomão enfia as mãos dentro do casaco e pega duas pistolas prateadas. Depois, usa os dedos ágeis para retirar a cartada final de dentro do bolso.

– Essas balas... – começa a dizer Fred.

– De diamantina – completa Salomão, exibindo nas luvas rasgadas duas balas pontudas e brilhantes feito cristais reluzentes. Em cada uma delas, um mundo colorido parecia se mover lentamente, um convite para o real.

As mãos de Alfredo tornam-se rápidas e fortes como garras, e ele prensa Salomão na porta, prendendo-o pelo colarinho.

– Veio aqui para me matar?

– Estou salvando você.

– Diamantina é letal para qualquer humanoide.

– Fizeram você acreditar nisso, mas não é verdade.

– Eu detecto mentiras.

– Então me leia! – implora Salomão. Os dois ficam em silêncio outra vez, agora com a respiração alterada. – O tiro de diamantina é a única chance de resetar nosso código em qualquer dimensão. Podemos voltar imediatamente à primeira. Podemos nos libertar.

— Isso pode me matar, Salomão – diz Fred, afrouxando as mãos. Desolado, dá um passo para trás e volta a recostar na parede. Seu rosto agora é uma mistura de emoções perdidas.

— Não importa se eu sou só um código aqui. Diamantina é um veneno para qualquer um de nós. O que garante que eu sobreviva?

Salomão respira fundo. Cinquenta anos de procura não podiam tê-lo levado a nada. Não. Ele sabia dos riscos que o amor de sua vida corria, mas as chances de desligamento da prisão em dimensões eram altas. Não há outra possibilidade de resgatar a consciência de Alfredo para o mundo real. Os Estados Unidos do Brasil nunca o ajudarão.

Salomão engole saliva, pronto para insistir outra vez. Deve ter alguns segundos antes de ser descoberto. A qualquer momento, os guardas entrarão no banheiro e ele será exterminado.

— Se você continuar aqui, nunca vão te desligar – diz para o marido. — Procurei você em todas as outras dimensões, Alfredo. São cinquenta anos de busca. Me tornei um viajante. Era o que você e eu estudávamos juntos. Vim pra te levar de volta.

— Não consigo me lembrar! – reclama Fred, angustiado.

— Eu te amo.

— Amor não é o suficiente! Muitos de vocês fizeram coisas horríveis em nome do amor – continua Fred. — Cometeram crimes, mataram uns aos outros... O amor cega as pessoas. Eu não sou como você. Amor não é o suficiente pra mim.

Salomão fica em silêncio. Vê um filme passar em sua memória, com as imagens de quando se conheceram no laboratório do Estado. Salomão era o professor de Linguística mais renomado de sua idade, levava uma vida simples dando e-classes em plataformas particulares até aceitar uma proposta secreta: aperfeiçoar os processos de linguagem dos humanoides fabricados.

Alfredo seria sua primeira cobaia e, por mais estranho que pudesse parecer, um sentimento brotou à primeira vista. Salomão se considerava um babaca por imaginar coisas quando via os olhos do paciente brilharem durante as conversas, mas não sabia como o próprio rosto se iluminava diante da capacidade cognitiva que aquele robô, com rosto e corpo de homem, demonstrava para verbalizar, construir, refletir e sentir. Com o tempo, os dois quebraram algumas regras cruciais, mas por fim a linguagem do amor foi mais forte do que qualquer outra.

O homem enfia a mão em um dos bolsos por dentro do casaco e retira um pequeno retrato.

– Você se lembra dela? – pergunta, apresentando-o aos olhos de Fred.

Fred, assustado, repara na garotinha que sorri.

– É nossa filha. Humana – diz Salomão. – Nós a adotamos, Alfredo. Você a amava. Costumava acordá-la com um copo d'água com limão todas as manhãs, porque sua sabedoria dizia que isso era bom. – Salomão sorri amargamente. – Nos fins de semana, vocês me esqueciam e brincavam o dia inteiro feito duas crianças. E na única vez em que perguntei se aquilo não te cansava, você disse que nunca se cansaria de descobrir do que o amor era capaz.

As lágrimas inundam os olhos de Fred.

– Por que está me dizendo agora que o amor não é suficiente? – pergunta Salomão.

Fred apenas respira por um tempo até perguntar:

– Como é o nome dela?

– Você consegue se lembrar. Era ela que te chamava de Fred, não eu.

As palavras de Salomão ficam suspensas no ar. Fred fecha os olhos, respira fundo algumas vezes. Mesmo parecendo

loucura ter que dar tempo ao tempo, Salomão aguarda até ouvir Fred dizer:
– Bia. Ela se chama Bia.
Os dois se prendem em um abraço. Protegem-se pelos corpos, com os corpos, mas são interrompidos por passos apressados que ecoam pelo banheiro. Salomão carrega as duas pistolas com as balas de diamantina. Esperou tanto por esse dia. Tanto!
– Polícia Metropolitana de Cúpula Azul. Ponham as mãos para o alto.
Salomão entrega uma das pistolas na mão de Fred.
– Uma única chance – sussurra.
As mãos do androide tremem. Os dedos demoram alguns segundos a mais sobre os do amado.
PÁ! O policial do lado de fora esmurra a porta da cabine com um chute, mas ela não cede.
– Ponham as mãos para o alto ou atiro em três...
Salomão aponta para o peito de Fred, que copia o gesto. Os dois se prendem em um último olhar.
– Dois...
– Eu te amo.
– Eu te amo.
– Um!
Os tiros de diamantina ecoam na cabine como pássaros assustados em liberdade.

*

O quanto pálpebras podem pesar? Talvez alguém como Fred pudesse fazer o cálculo. Salomão não consegue saber ao certo, embora tenha certeza de que, quando abre os olhos, o movimento o arranca de um peso milenar.
No primeiro momento, não há alívio nem alegria. O olhar nada identifica, perde-se nas correntes elétricas que dividem a existência através das dimensões. A consciência

demora a chegar, a se acostumar, a experimentar o corpo no lugar de onde veio.

Aos poucos, Salomão repara nas diferenças. Ainda perdido no tempo, como se cada descoberta durasse uma estação. O corpo já não é mais tão leve. Não mora em códigos. Mora em carne, osso, sangue e água.

E, então, o ar.

Diferentemente da falsa sensação de respirar, à qual ele já havia se acostumado, agora há o sabor do ar. Fede a terra, desperta a saudade da chuva. Gotas d'água caindo do céu, há quanto tempo Salomão as sente na pele? Parecem eras. E, ao pensar em eras, Salomão se lembra do amor.

A consciência em andamento conclui sua corrida. Salomão sabe quem é. Ainda sente o choque da bala no peito. E já que o céu não poderia ser como aquele quarto de paredes escuras, entulhos e cheiro de lama... não tinha morrido. Tinham conseguido!

– Pai!

Salomão não reconhece a voz e, quando vira a cabeça para o lado, bem devagar, também não reconhece a dona dela. É uma mulher negra de cabelos crespos e pintas no rosto. Tem os olhos redondos banhados em um rio de lágrimas. Sempre fora estranha a forma como, mesmo adotada, os traços da filha lembravam os de seus pais adotivos. Há algo dele nela, mas os olhos, os lindos olhos amendoados, são de Alfredo.

– Bia.

Ela alisa o rosto do pai, abraça o homem deitado sobre a cama de ferro. Chora desenfreadamente, fungando como um bebê.

Salomão não consegue se livrar do incômodo no peito e da estranha dor de agora olhar para as próprias mãos e perceber a pele coberta por tantas linhas envelhecidas que...

– Seu pai – consegue dizer, espantado pelo tom rouco e desgastado da própria voz. – Cadê seu pai?

Com esforço, Bia consegue se recuperar. Leva os dedos até o peito de Salomão, o olhar ainda cortado por algo além da saudade.

– Ele voltou há cinco minutos. Teve tempo de me olhar... Disse que me amava.

Transtornada, Bia trava, desiste, nega com a cabeça e vai embora da sala aos soluços.

O peito de Salomão se aquece, a cabeça pende para o lado, e só então a agressão da morte se assoma em todo o seu ser.

Na cama ao lado, o amor de sua vida repousa ainda com a aparência jovem, a pele retinta brilhante. Nos lábios sem vida, o quase sorriso de quem havia descoberto do que o amor era capaz.

JOGO FORA DE CASA

SÉRGIO MOTTA

— AÍ, MOLECADA, a gente é mais time, certeza, mas tem que ficar esperto. Os caras lá são catimbeiros, dão porrada, a gente tem que lidar com a altitude, com a pressão, com o ar rarefeito, é frio pra caramba, o corpo fica pesado, a bola corre demais... Nunca é fácil jogar em Marte.
— Relaxa, professor — Jovelina me interrompe. — Quem joga no nosso campo, joga em qualquer lugar.

Jovelina é minha capitã porque tem visão, sempre está pronta para motivar o time, intimidar o adversário e virar a torcida a favor. O problema é que, às vezes, ela joga contra mim.

Entre risadas e abraços, ela puxa os *tchutchas* enquanto os outros jogadores adicionam os lerês e ziriguiduns que fazem o *funkadélico* paulistano, ritmo da moda. Prefiro os pancadões clássicos ou o samba-funk das antigas, mas deve ser a idade falando mais alto.

Talysson lança suas rimas de improviso. Ele leva jeito. Artilheiro e MC, o garoto tem estrela e nasceu pra ser protagonista. Tenho certeza de que no *futsol*, na música ou nos dois uma hora a carreira dele vai decolar.

— Deixa as crianças, Silva — fala dona Odete, matriarca do clube, enquanto os meninos entram em campo. — Eles sabem o que tá em jogo aqui, mais do que a gente.

Vendo a bagunça que essa molecada faz prestes a enfrentar o melhor time do Sistema Solar, não tenho tanta certeza. Eu, nos meus vinte e poucos anos, também não entenderia a dimensão disso. De fato, não entendi na minha época, mas também nunca vi dona Odete errar – e espero que essa não seja a primeira vez. Tudo está acontecendo muito rápido para eles.

O Casa Futsol Clube virou a sensação do ano. Um timinho novo, sem arena oficial, com uma molecada nascida e criada nas casas de sambas e orixás da Zona Norte paulistana que só recebia uma ajuda de custo pra jogar.

Ninguém dava nada por eles. Os jogos rolavam na arena improvisada que ficava em um estacionamento falido, numa ruela entre a Casa Verde e o Bairro do Limão. Antes da estreia na primeira divisão do Paulista, a mídia esportiva apelidou o time de Sem Casa FC, mas depois que atropelamos os sete grandes e todos os médios e pequenos da Mega São Paulo, todos baixaram a bola. Garantimos o título invicto do Estadual.

A próxima meta era o Nacional, com os campeões de cada estado. Depois, as Américas, a Terra e o Sol. Passamos a viver um sonho cada vez mais distante da Casa Verde.

Distante demais. Em todos os sentidos.

Essa molecada atraiu muitas palmas e sorrisos dentro de campo, mas nenhum grande patrocínio. A única marca que continua estampando a camisa do Casa é a da rede de supermercados Vladão – que havia se tornado "rede" em menos de um ano, abrindo a segunda unidade a dois quarteirões de distância.

O pouco dinheiro que dona Odete recebia, ela usava pra pagar as contas, alimentar os meninos e manter os uniformes limpos. Quando nos classificamos para o Paulista, eles começaram a calcular de quantos cafés da manhã, almoços e jantas teriam que abrir mão pra comprar as passagens para os quatro cantos da capital e, ainda, as baldeações entre uma cidade e outra.

Mas em coração de mãe sempre cabe mais um, e na perua de dona Odete, também. Ela se propôs a levar o time aos jogos.

— A gente é tipo Seleção Brasilândia de Futsol — brincava Ratinha, a ala esquerda, baixinha, quietinha, mas que sempre aparecia de surpresa, fazendo um trocadilho ruim (ou cruzamento bom), pra alegria do time. — Muito patrão, com carro oficial e tudo.

O *tudo* era só o carro mesmo, e nem era oficial, mas era o suficiente. A única treta era onde cada um sentaria: a kombi de dois andares tinha sete lugares em cima, no camarote, como apelidaram. Ficou definido que lá, onde a bagunça rolava solta e sem regras, era dos titulares da vez. Os oito reservas ficavam embaixo e já não podiam falar de tudo — e um ainda tinha que ir no castigo, entre dona Odete e eu, ouvindo por horas o papo nostálgico dos dois pretos velhos sobre as últimas décadas do século 21. Era como uma roleta-russa.

Por mais ofendido que eu pudesse me sentir — afinal, os anos 2080 e 2090 foram os melhores possíveis —, os meninos passaram a dar mais sangue nos treinos para tentar a vaga de time titular. Acabou essa de "treino é treino, jogo é jogo". Treino era jogo e pré-jogo.

E cada jogo era uma história. Essa kombi levou a gente em todas as nossas vitórias por São Paulo. Na estratégia, no coração, no talento, na alegria, na dor, no futuro, no suor, no fôlego, na alma, no sangue, na pele, na força... E, na última, voltou com a taça no colo de Jovelina, mas nem a perua nem dona Odete tinham mais idade para viagens longas.

Quando nos classificamos para o Nacional, voltamos à conta, que não fechava nunca. Não importava quantas refeições fossem trocadas por passagens. Mesmo somando o prêmio do título, o dinheiro que os meninos ganhavam à parte, o meu, o de dona Odete, o dos pais, mães, tios, primos e irmãos dos garotos e o do Vladão. Viajar pelos estados do Brasil toda semana, incluindo os novos quatorze estabelecidos depois do último tratado, fosse de avião ou de trem magnético, não cabia no orçamento de ninguém da nossa quebrada.

Os meninos nunca deixaram São Paulo. Somente Nalda e Pepê, os irmãos Pereira, estavam acostumados a andar nos trens que cruzavam os dez países restantes da América do Sul, mas isso era outro papo.

— Os meninos têm os rostos de todas as cores da favela, mas nenhum da cor do *futsol* – dona Odete comentou quando voltei de mais uma reunião frustrada com o comercial de uma marca de chuteiras de baixa gravidade sobre um possível patrocínio. — Em Júpiter, eles querem vender Júpiter, e não Olorum.

— Tem disso não, Odete – rebati. – A Terra também veio dos romanos.

— E olha como essa Terra é...

Dona Odete nunca está errada. Depois de um minuto de silêncio em respeito ao Casa, tomei coragem pra falar:

— Odete, recebi uma proposta pra dirigir um time do Brasileirão. Eu não queria ir, você sabe. O Casa é minha prioridade, e esses meninos são como meus filhos. Queria fazer mais pela carreira deles do que eu fiz pela minha, mas...

— Não precisa se justificar, Silva – dona Odete me interrompeu. – Sem dinheiro, não dá pra pagar o leite das crianças, eu sei como é. – Ela sorriu, mas era um sorriso triste. – Espero que você se torne um técnico muito vitorioso. Mas antes de assinar, queria pedir que você fizesse mais um jogo com os meninos. Só um.

— Mas a temporada já acabou pra eles...

— Bota as crianças pra correr e me dá quinze minutos de intervalo.

E, em quinze minutos, dona Odete resolveu.

Uma partida inesperada, fora de temporada. Cá estamos. Hoje, todos nós saímos de manhã de Casa Verde, Brasilândia, Tremembé, Lauzane Paulista, Limão, Cachoeirinha, Edu Chaves para pisar em outro mundo e enfrentar o maior desafio das nossas vidas: Pebas, o melhor time do Sistema Solar.

Os Pebas ganharam a Copa da Coroa este ano, mas "como eles dizem que são os melhores do Sol, se não fizeram nem de perto uma campanha tão boa quanto a do Casa?". A provocação de mãe Odete correu por toda mídia interplanetária na velocidade da luz, e parece que mexeu com o orgulho do time marciano, que convidou o Casa para o Desafio do Sol e até bancou nossa viagem.

Claro, eles não são bobos. Jogam em casa, confortáveis e com a torcida a favor. É uma jogada de marketing das grandes: apesar de terem ganhado o maior título do ano, o Casa é a sensação do momento. Se o time marciano vencer esse jogo, eles vão poder conquistar a hegemonia. Além disso, a grana que é injetada em um jogo desses compensa o investimento.

A cratera de Pebas tem uma área de aproximadamente três quilômetros quadrados e menos de quinze mil habitantes. Não chega perto das grandes crateras marcianas colonizadas – nem da Casa Verde –, mas se tornou referência no *futsol* por ter o maior estádio já visto.

Pebas é uma cidade-estádio. As ruas são as próprias fileiras das arquibancadas, que, no lugar de cadeiras, são divididas por casas marcianas pintadas das cores dos bairros a que pertencem, aqui chamados de setores. Os bairros cobertos são os largos mais movimentados, onde ficam as principais lojas, bares, escritórios e espaços culturais. Em um condomínio flutuante perto do centro, vivem os cartolas do *futsol*. É lá que ficam os restaurantes e casarões da elite: o camarote.

– Olha lá onde tá a grana de Pebas – comenta Cleitim, meu ala driblador.

– Mas não é de lá que ela vem – rebate o volante Pepê, que tem uma visão de gerente no campo e nos negócios.

É no Baixo Centro que fica a arquibancada geral, onde barracas de feira, lanches e camelôs ocupam o calçadão para fazer o caixa da semana em dia de jogo – e onde a maior parte da população de Pebas, além de torcedores de outras colônias e planetas que vêm prestigiar o campeão do Sol, fecha o calçadão em torno do campo: a Praça Central.

O domo que envolve a cratera tem muito a ver com respiração, radiação, atmosfera. Mas Pebas respira e irradia *futsol*, então o domo tem mais uma função: é um ampliador de realidade focado na Praça Central. Ele permite que os jogos possam ser vistos de qualquer parte da arena, e é claro que usam e abusam dos efeitos especiais, tornando tudo um espetáculo.

Não temos nada disso na quebrada, e nem precisamos: as favelas são coloridas e gigantes por natureza. Temos os nossos exageros também, como os Juliets, Aviadores e Ciclopes. Apesar de quase todos os óculos de sol conseguirem transmitir um baile, os meninos dizem que só esses três modelos têm os filtros cromáticos certos pra vibrar com o *funkadélico*. O grande ponto é que esses acessórios ajudam a unir as pessoas e mover todas as quebradas. O que cada um faz por lá, faz por nós. No *funkadélico* ou no *futsol*.

O *futsol* é o *futsol* por sua simplicidade.

Apesar desse espetáculo todo, a Praça Central de Pebas é uma praça. Uma área plana e delimitada pelo calçadão elevado. É uma tela em branco de mil metros quadrados, onde dois times disputam espaço pra fazer sua arte, e quem assinar mais obras no arco meia-lua do adversário ao final de uma hora faz a sua torcida sorrir.

Quando um grande "10" aparece no domo, Jorjão e Jovelina na defesa, Ratinha, Nalda, Pepê e Cleitim no meio e Talysson na frente, já não veem mais os sete do outro lado como os melhores jogadores do Sistema Solar. De agora até o sinal que indica o final de jogo, eles são inimigos. Pebas representa o primeiro de muitos degraus que esses meninos terão que escalar daqui pra frente, e eles querem começar com o pé certo: direito para destros, esquerdo para canhotos.

Com as chuteiras de baixa gravidade calçadas, dilatador atmosférico no nariz e a segunda pele termopressurizada, estão prontos para a batalha. Não pelos acessórios e equipamentos profissionais que usam pela primeira vez, mas pelo que estão acostumados a vestir: a camisa com as cores de Ogum do Casa Futsol Clube.

No "0", o Casa movimenta a bola. Mas não como estão acostumados. O tempo de bola é outro. O primeiro lançamento de Pepê pra Ratinha sai fraco e é interceptado. Jovelina recupera e toca na mesma pra Cleitim, que arranca pela ala direita, mas não consegue acelerar e perde fácil a posse.

Em compensação, o Pebas vem com tudo. Aproveitam a baixa gravidade para saltar e tabelar a alguns metros do chão. A camisa 3 avança correndo pela parede e cruza de voleio para o atacante, que sobe mais que todo mundo. Jorjão perde o jogo de corpo e desequilibra, o atacante testa firme e Jovelina chega atrasada. A cidade de Pebas vem abaixo.

A torcida grita, comemora e canta. O som reverbera dentro de mim, da Praça, de toda a cratera. O domo não permite que a festa saia dali. Aquela energia concentrada não só vibra, mas esquenta, empurra e intimida. É tão ensurdecedor quanto o silêncio do nosso time e da torcida. Mesmo estando em uma gravidade mais baixa, estamos mais pesados.

– Eu sabia, Odete! – Ela estava errada. Eles não tinham tomado a dimensão desse jogo. Agora a pressão bateu, dá pra ver. A jovialidade desses meninos é uma arma poderosa, mas pode disparar tiros nos próprios pés. E eles dependem dos pés. O jeito moleque de jogar traz uma energia única para o time e para o jogo, mas é um problema no *futsol* – e na vida – ser moleque demais.

– E aí, Jorjão! – Cleitim grita, provando meu ponto. O time parece sair de um transe e sentir o que está por vir. O cheiro não é bom. – Botou banca que ia acabar com os *marça* e agora tá peidando pra eles?

O tempo do jogo está parado, mas parece ter parado o tempo do universo. "Cleitim enlouqueceu", alguém cochicha no banco de reservas. Jorjão, que dá uns dois Cleitins e meio, fecha a mão e a carranca. As veias saltam em seu pescoço e seus olhos estão vidrados.

Na defesa, Jorjão é absoluto. O último homem. Fala pouco, cara de mau, trombador, chega junto em todas as bolas, seja de *futsol*, do tornozelo ou joelho. Ali não tem brincadeira. Até eu penso umas três vezes antes de puxar a orelha do Jorjão. Geralmente, escolho jogar na segurança e deixar passar.

Foi a primeira vez que a gente viu ele perder uma dividida, mas é esperado: os marcianos são todos mais altos e fortes que nossos jogadores. Jorjão é o único que se parece com eles, mas com a pele marrom, não laranja. Além disso, os marcianos estão acostumados com a gravidade, então é mais fácil manter o equilíbrio e controlar o impacto.

O que não pode é Cleitim enlouquecer por isso. Ainda mais porque foi ele que perdera a bola.

– Não abusa da sua boa sorte – Jovelina dá uma chamada. – O jogo mal começou e você já quer causar?

– Fica sussa, capitã. Quero briga não – Cleitim continua no mesmo tom largado. Então, volta a falar com Jorjão: – Mas eu confio em você, mano! Apertou, isola. Na volta, a gente aproveita pra pegar as bolas que você já jogou pro espaço.

E todo o time perde o ar dos pulmões, como se tivesse saído do trem no meio do vácuo ou assistindo ao último lance da final de um campeonato. Não apenas pela provocação, mas porque o ala não falou nenhuma mentira. São essas coisas que fazem o sangue subir para os olhos.

Jorjão é uma arma secreta do Casa. Às vezes, chega chutando uma sobra de primeira do meio da arena ou mesmo do lado defensivo. É uma verdadeira bomba: explosivo, mas sem mira. Se vai no gol, golaço. Se não vai...

A cobertura em estádios de *futsol* não é uma exclusividade de Pebas; faz parte da norma pra receber jogos interplanetários – uma das muitas que o estádio-estacionamento do Casa não cumpre. Na Terra, é comum usar um campo magnético pra dar a sensação de céu aberto. Não é visível, mas colabora com a adaptação atmosférica e impede que bolas magnetizadas saiam dali. Mesmo assim, Jorjão já conseguiu isolar algumas bolas pra fora das arenas. Foi um dos grandes destaques no entretenimento esportivo durante o Paulista, mas ninguém do time, nem mesmo eu, já teve moral de comentar essa atrocidade. Até agora.

– Já chega, Cleitim! – berro da área técnica, mas dona Odete me chama do banco.

– Até parece que não conhece as crianças.

Eu não vou dar muitos ouvidos à dona Odete nessa partida. Preciso impedir um assassinato dentro de campo. Mas, quando me viro, vejo Jorjão sorrindo; uma cena tão rara quanto ele caindo depois de um jogo de corpo. Ninguém do time parece entender nada, apenas Cleitim e dona Odete. E ela parece ter visto uma interrogação carimbada na minha cara, porque comenta:

– Cleiton e Jorge se entendem. Jorge é o único do Casa que tá fazendo faculdade e estágio. Ele sabe o que fazer se o futebol não der certo. Na vida ou na defesa, Jorge é segurança.

– Ou seja, eles não se entendem – rebato.

Cleitim não acredita em faculdade. "Só a faculdade da vida", ele costuma dizer. E em sorte. E se Jorjão tem uma missão nessa vida, além de parar os adversários, é convencer as pessoas de que sorte não existe. Os dois não têm nada a ver.

Mas Jorjão nunca conseguiu justificar a quantidade de vezes que Cleitim ganhou no jogo do bicho (quase toda semana, o que rendia uma bela desculpa pra nunca fazer faculdade ou arranjar um emprego formal), nem os gols acidentais que ele faz no último segundo (quase toda semana também).

— Cada qual do seu jeito, um faz bem pro outro — dona Odete continua. — Jorge é quieto. Quando tá bem, quando não tá. Mas são quietudes diferentes, e Cleiton sabe reconhecer. A gente veio pra Marte em um trem autônomo seguindo um feixe de luz no meio do espaço sideral a um por cento da velocidade da luz. Ainda tem que jogar num campo que ele nunca pisou, com uma chuteira que ele nunca usou, perde a primeira dividida e toma o gol. Jorge veio pra cá sem perspectivas.

— Odete, não sei como você sempre sabe tanto sobre as pessoas, mas como Cleitim ainda tá respirando?

— É só ouvir o que Cleiton disse: ele confia em Jorge.

— Pra mim, continua não fazendo sentido.

— E desde quando o amor faz sentido, Silva?

Não faz. Mas agora tudo faz.

O Casa sai jogando. Agora mais rápido. Jovelina, Ratinha e Nalda triangulam tentando achar uma brecha no Pebas, mas não funciona. Os marcianos adiantam a marcação e pressionam a defesa. Jovelina dá um balão até o campo de ataque. Nenhuma jogada é armada, e o Pebas vem de novo, controlando a partida e todos os pontos do campo. Os atletas marcianos crescem cada vez mais pra cima da gente.

Durante todo o primeiro tempo, eles repetem o trabalho de bola pelo alto e parece que não há nada que nosso time possa fazer. Os cruzamentos vêm, mas Jorjão sobe junto e ganha todas. O atacante do Pebas é que começa a beijar o chão.

Quase trinta minutos. Depois de um corte do nosso zagueirão, a bola chega em Pepê. Chance de contra-ataque, quatro contra dois. Talysson avança, e Ratinha aparece na esquerda.

Ele não lança. Prefere trabalhar com a irmã Nalda. Seguem os dois tabelando e avançando até a intermediária. Os defensores apertam. Ratinha e Talysson estão completamente livres, enquanto o Pebas ainda não se recompôs. Cleitim também dá opção, mas Pepê força mais um passe pra irmã, porém a marcação é cerrada, e a bola é interceptada. Nalda ainda agarra o camisa 2 do Pebas, mas ele consegue puxar o contra-ataque. Cinco contra dois, e não repetem o erro dos irmãos Pereira.

Fim do primeiro tempo. Dois a zero no placar, com direito a cartão pra Nalda.

– Cês querem que eu tire vocês ou vão jogar que nem um time? – eu berro para os Pereira.

Hoje, são meus volantes de confiança, mas nem sempre foi fácil jogar com eles.

Quando conheci os dois, eles já tinham perdido os pais e precisavam se virar. Por isso, eram os únicos do Casa acostumados com os trens magnéticos da América do Sul. Passavam tardes e mais tardes, de domingo a domingo, entre os vagões e as estações MagSul, trabalhando no rolo, vendendo o que aparecia pela frente.

Apesar de rodados, eles não eram viajados. Os irmãos nunca saíam das estações. Para Nalda, era como arriscar a sorte trocando passe no campo de defesa, e Pepê dizia que se conhece um lugar pela sua estação de trem e pelo que seus passageiros compram.

Eles jamais pagaram uma passagem. Sabem os macetes pra passar no momento certo, desarmar as jogadas, quebrar a linha de defesa, sair jogando rápido e passar a bola adiante. Têm autoridade, confiança e sabem se virar. No meio-campo ou nos trens, os dois são uma dupla e tanto.

Nalda e Pepê vendem o que cai nas mãos deles, desde que tenha um baixo custo de aquisição, alto lucro e que seja mais barato para os clientes do que em qualquer shopping não itinerante com alvará de funcionamento.

– Vantagem pros dois lados. É rolo e não enrolo. – Nalda defendeu o dela no primeiro dia deles no time. Mesmo que, geralmente, os produtos fossem roubados; às vezes, pechinchados pelo antigo dono; e, outras, falsificados.

– Que é um enrolo – Fininho acusou uma vez. Péssima ideia: durante o treino, recebeu uma bicuda à queima-roupa de Pepê em uma jogada de escanteio. Quase desmaiou e saiu do treino com o nariz sangrando.

– Enrolo nada. A freguesia só tem que ser esperta e bem decidida no que quer comprar – explicou Pepê. – Se você quer um Juliet original, com câmera e visão noturna, não vai ser com vinte conto que vai conseguir um. Até porque eles são raros hoje em dia. Se você quer "parecer" que tem um Juliet original pra chegar botando banca no baile, e de quebra ajudar os irmãos que produzem lá na Brasilândia, o rolo é o seu lugar. Mas também, se quiser um original, a gente dá um jeito. Só molhar bem a mão. Cada mercadoria tem sua função: estética, social ou operacional, tá ligado?

Pepê falava como um verdadeiro homem de negócios.

– Cê fala como um verdadeiro homem branco – zoou Malu, que saiu do mesmo treino com as travas da chuteira de Nalda marcadas na coxa.

Tive que suspender os dois por um tempo.

– Seguinte: não vou tirar vocês do time por vender muamba. O mundo foi, e ainda é, muito mais injusto com vocês também. Mas aqui dentro não é assim. Pra esse time funcionar, todos aqui precisam ser leais uns com os outros, incluindo vocês dois.

A reação não foi das melhores, e eles foram direto para o chuveiro, mas quando voltaram a treinar não eram apenas uma dupla e tanto: faziam parte de um time e tanto. Acharam uma nova família. Agora, Fininho e Malu esquentam banco para os irmãos e já não têm moral pra tirar onda com eles.

No rolo, também mudaram: agora vendem não só pensando em pagar as contas, mas permitindo que os trabalhadores paguem as próprias contas também, sem passar vontade de ter suas coisas. Davam aquela maquiada típica da propaganda, mas já não escondiam o jogo dos fregueses. A verdade é que conseguiam mais dinheiro assim; o pessoal do trem falava a mesma língua que eles.

É claro que no caminho pra cá eles também não perderam oportunidades de negócio no trem da rota solar, com a torcida do Casa fazendo a festa. Então, antes de chegar a Marte, os dois sacaram os engradados refrigerados escondidos nas malas extras que trouxeram e passaram por todo o trem vendendo seus produtos que nem água, embora fossem cervejas e refrigerantes.

Mesmo acostumados à vida nos trilhos, essa viagem era diferente de tudo que já tinham vivido nas linhas MagSul: primeiro, entraram pela catraca, com biometria autenticada e tudo; segundo, os trens magnéticos andam apenas na horizontal; terceiro, dependendo de como o jogo terminar hoje, eles não vão mais ter que passar a maior parte da vida entre vagões.

Mas não podem esquecer que a vida de *todo mundo* aqui está em jogo. Se eles jogarem só por si, não vai mudar nada na vida de ninguém.

Respiro fundo.

– O que tá acontecendo? A gente já passou por tanta adversidade, já atropelou vários times com estádios gigantes... Não chegavam nem perto desse, mas em comparação com o nosso... Times que também são campeões do Sol, muito mais que o Pebas até. A gente chegou até aqui para vocês pipocarem agora? Cadê aquela confiança toda?

– O problema não é esse – Jovelina diz. – Tô nem aí pro tamanho do estádio, do showzinho que eles fazem, pro tamanho da torcida ou dos caras...

– Mas o tamanho também importa, Kaly – Ratinha diz. – Eles parecem um bando de bonecos de posto com bronzeamento artificial, mano.

Ratinha faz o que ainda não conseguiu fazer em campo hoje: dar uma alegria para o time. É do que precisamos.

Os sorrisos se abrem e os ombros caem, e por um segundo, esquecemos o placar.

— O problema, professor, é que eles não são grandes só no tamanho — Talysson comenta, o brilho no olhar apagado. — São sempre tão... presentes.

— E a gente é futuro — falo, abrindo os braços. Eles se juntam a mim, titulares, reservas e dona Odete. Fazemos uma roda. — Pebas é o presente do *futsol*, a gente é o futuro. E o futuro começa em trinta minutos. Vou falar do que vocês têm que ter medo: de jogar sem paixão, sem um sonho, sem uma história. De não jogar por essa camisa que vocês vestem. De se esquecer da favela, que tá sempre junto, torcendo por vocês. De perder a essência. De jogar apenas pela fama, pela grana e pra se sentir acima daqueles que tão lá gritando seu nome. De jogar...

Como eu joguei, completo. Apenas na minha cabeça. Sinto uma bola de *futsol* entalada na garganta. Os olhares dos meninos continuam tensos e preocupados. Mas não com a partida. Comigo.

— Aí, família, é como o professor disse. Hoje a gente tá vivendo um sonho — Jovelina continua a preleção. Sempre no momento certo, minha capitã. — Mas, se a gente perder esse jogo, vou transformar a vida de vocês num pesadelo. Bora ganhar!

"Bora!", "Vamô!", "É nóis, time!". Os jogadores liberam a energia, tiram o peso das costas, concentram-se na vitória. Esse é o Casa que estou acostumado a treinar.

Antes de voltar ao campo, dou meus melhores conselhos:

— Vocês não precisam pegar o tempo de bola marciano, só precisam controlar o tempo de jogo deles. Vamos jogar pelo chão, só passe rasteiro. Cleitim, dá nas canetas deles e corta pro meio. Na lateral, vão te prensar. Pepê, joga mais recuado, ajudando a defesa, mas aparece como opção pra Cleitim. Nalda, marca presença no campo de ataque pra puxar a marcação e Ratinha passar por trás. Jorjão, não desgruda do camisa 7. A bola pode passar, ele não. Sobrou uma bola no meio, chega soltando o pé. Jovelina fica na sobra e fecha o bate. Talysson, não fica parado, volta mais pra triangular e passeia no meio pra não ter marcação fixa. *Uma hora a bola vai chegar e você brilha*, penso.

Mas nenhum dos meus conselhos é tão bom quanto o de dona Odete:

– Crianças! – Todos olham para a matriarca. – Se divirtam!

– Obrigado, Odete – falo assim que o segundo tempo começa.

– Você vai ficar no Casa, Silva? – ela pergunta.

– Você sabe a resposta... vai depender se ganharmos ou não.

– Então você vai.

Dona Odete sorri. Eu também, porque ela nunca erra.

Preciso fazer por esses meninos o que não fiz por mim. Já estive no lugar deles, vivendo o maior sonho da minha vida. Também nasci na Zona Norte, como eles, mas tudo era diferente. Ser alguém, vindo do Bairro do Limão, estava longe de ser uma realidade. Sobreviver também não era, era só uma tentativa.

Na minha época, a rota solar só ligava Vênus, Terra, Marte e Júpiter, só tinha uma viagem por mês e era coisa de playboy. Tipo a nova Disneylândia. O *futsol*, então, não era nem perto de ser o que é hoje. Pebas nem colônia era ainda. A modalidade estava começando, e só alguns times da gringa disputavam na Terra, mas não demorou pra virar o sonho de todos os moleques: ser jogador e astronauta ao mesmo tempo. Se ainda desse pra ser MC, era *hat trick* direto. Além disso, um futebol sem goleiro, sem fora, campo menor e golzinho. Era exatamente como jogávamos nas ruas.

Quando rolou a primeira peneira do *futsol* da Mega São Paulo, a *zê-ene* colou em peso e só eu passei. Foram duas noites seguidas de pancadão, os moleques me apoiaram demais, mas logo eu caí fora. Fui para as vilas. Vida nova, vida diferente. Vida que não era a minha.

O primeiro título nacional está na minha estante até hoje. Fui pra gringa, onde me ensinaram a voar – e eu ensinava a jogar. Uma montanha de dinheiro na minha frente, eu falava que favela nunca mais. Ninguém me ensinou a administrar, aprendi sozinho a falir.

Virava noite, bebia até cair, entupia o nariz... Fui um preto que saiu da quebrada pra ser o que os caras esperam que os pretos da quebrada sejam. Inútil e descartável. Uma pessoa que envergonha a mãe, e ainda na frente de dez bilhões de pessoas.

Tudo isso antes de ter minha oportunidade de pegar esse trem e pisar em outro planeta, antes de virar um jogador astronauta. Nem MC virei. Só mais um lixo na visão do clube que me descartou.

E sei que deixei uma marca. Esqueci que tinha que fazer por nós e fiz por ninguém. O *futsol* virou um esporte de uma cor só por minha causa. Foi por isso que o Casa não jogou o Nacional. É por minha causa que o Casa não é uma potência. Dona Odete nunca falaria isso, mas tudo que está acontecendo hoje é uma chance de renovação que ela me dá. E ela sabe disso.

– Quando tudo acabou, eu pensei que tinha me preparado pra chegar no auge, mas não pra me manter lá. – Me abro com dona Odete. – Só que aí, quando voltei pra quebrada e fui abraçado, quando você me chamou pro Casa, eu percebi que nunca nem soube o que era o auge. O auge é tá aqui hoje com esses moleques.

– Silva, quando não existe inimigo interior, o inimigo exterior não pode te machucar – dona Odete responde. – Você só precisa deixar o que te angustia sair.

Eu vou.

— Desculpa, mãe.

Ela arregala os olhos. É a primeira vez que ela parece surpresa com algo que eu falo em toda a minha vida.

— Deixa disso, meu filho.

Lágrimas escapam de seus olhos escuros.

O segundo tempo é diferente. O Pebas continua em cima, grudentos, catimbeiros, jogando fechado, mas sem conseguir sair do campo de defesa. O meio-campo tá dominado. O Casa envolve o campo com toques rápidos e rasteiros, esperando uma abertura.

Pepê e Nalda começam uma tabela de novo, mas quando a marcação aperta, Pepê chuta de três dedos de cima pra baixo. A bola ganha velocidade e faz um arco, encontrando Ratinha na ponta esquerda, atrás da defesa. Um dos defensores cola nela pra fechar o cruzamento, mas Nalda já se apresenta na entrada da área. O outro zagueiro vem pra fechar o bate e o primeiro tenta intervir o passe. Ratinha avança para o fundo e cruza rasteiro, tabelado com a parede.

Talysson aparece livre e dá seu primeiro toque na bola. Gol!

Dois a um! Eles vêm comemorar no banco. Nos abraçamos e tiramos o primeiro grito de gol da garganta.

— A defesa dos *marças* ficou tontinha — Jovelina alfineta.
— Tão procurando a Ratinha até agora.

O time ri.

— É isso, molecada! Esse momento é nosso. Mas não vacilem. Segurem a saída — aviso à defesa. — E deem a bola no pé de Cleitim, vamos aproveitar que eles estão em choque.

Na saída, o Pebas acelera o ataque. Fazem mais uma jogada por cima e tentam uma ligação direta para o atacante, mas a gente tem Jorjão. O beque antecipa o pulo e chega na bola antes.

Nalda liga com Cleitim. O volante e o zagueiro da esquerda marciana cercam o nosso ala. A Pereira se apresenta e Cleitim recua, mas na ginga volta e o volante adversário come poeira vermelha. Ele pedala pra cima do segundo e corta para o meio.

O zagueirão volta pra fechar o bate, mas Cleitim já ajeitou pra trás. Pepê chapa com curva. O tapa mais sincero que ele já deu. A bola escapa de todos – como ele escapa das câmeras e dos guardas dos trens – e morre no fundo das redes.

Todos comemoram, mas Pepê se contorce no chão. O camisa 4 chegou por trás, na maldade. O tornozelo do nosso gerente já está roxo, inchado e com as travas da chuteira fincadas.

Os paramédicos tiram ele de campo e começam o tratamento com spray de revitalização celular. Dizem que a recuperação é rápida, mas qual será essa rapidez? Boto Fininho no aquecimento.

– Cê tá tirando?! – Dentro de campo, em meio às comemorações, o bicho pega: Nalda grita com o 4 do Pebas. – Se for pra cair na porrada, avisa que eu te quebro, irmão!

O meia do Pebas responde, e tudo vira uma gritaria e se transforma em um empurra-empurra. Antes que Nalda parta pra cima, Jovelina chega abafando. Ela abraça a volante e a afasta da confusão.

– Cê já tem cartão amarelo. Fica esperta, mina.

O sonho de Jovelina era ser atriz, e ela pôde praticar muito dentro de casa. É irmã mais velha de três meninos, tendo que cuidar deles desde sempre. Pensa em uns moleques arteiros! Para ter um mínimo de respeito dos pivetes, ela percebeu que precisava cumprir o papel de tirana (botando medo da punição na cabeça dos irmãos), de juíza (fazendo eles se sentirem culpados, já com medo da punição), de detetive (pressionando pra que admitissem a culpa quando se sentiam culpados e com medo da punição) e de amiga (sendo boazinha com eles até que se sentissem culpados de não admitir a culpa e não serem devidamente punidos).

Ela decidiu ser todos esses papéis. O de amiga era o mais difícil, porque haja paciência! Mas uma coisa que os três sempre queriam era jogar bola. E ela também, só que sempre acabava em briga. Foi aí que Jovelina decidiu atuar em todas as suas personagens enquanto jogadora.

O que faz dela a capitã ideal do Casa Futsol Clube.

A treta não vai pra frente, e os juízes apenas advertem verbalmente os jogadores. Nem mesmo o camisa 4 do Pebas leva um cartãozinho. Vergonhoso! Mas, considerando que é a casa dos caras, e eles são "os caras" – pelo menos até o final desse jogo –, eu nem cobro.

– Como tá aí? – pergunto para o médico, apesar de saber que a resposta é "nada bem".

– Um entorce feio.

O jogo volta, e chamo Fininho. Enquanto passo as instruções para ele, o Pebas vem pra cima. Dessa vez, eles não buscam o atacante, mas o dito-cujo do camisa 4, que agora está sem marcação. Ele bate no vácuo da zaga. Joselina desvia, e a bola explode na trave. Jorjão bica pra longe.

– Entra logo e fecha esse quatro – falo pra Fininho. – Se deixar, ou ele vai fazer o gol, ou a Nalda vai quebrar ele e ser expulsa.

– Professor! – Pepê grita do banco antes de Fininho entrar. – Eu consigo voltar.

– Cê tá louco?

Ele levanta e vem mancando em minha direção.

– O 4 tá deixando uma brecha. Foi assim que a gente chegou. Eu consigo lançar Cleitim por trás da segunda linha, eles não vão nem ver. – Ele tem razão. E nem eu tinha visto aquilo. Ninguém nesse time tem a visão de gerenciamento do meio campo que Pepê tem. Mas ele não deveria nem estar de pé. – Mãe Odete... por favor – ele pede.

Minha mãe confirma com a cabeça. Odeio essa ideia, mas ela nunca erra.

— Se sentir, você sai — eu digo. Pepê concorda e bota a chuteira. Eu sei que ele vai sentir; ele também sabe. Mas não vai admitir.

O Pebas prepara mais um ataque. Cruzam pela esquerda, e Jorjão intercepta. Dessa vez, foi planejado: não buscavam o atacante, mas a sobra de Jorjão. O camisa 4 sobe pra pegar o voleio, mas Pepê chega primeiro, de supetão, e ajeita pra Nalda.

Ela devolve no um-dois, e Pepê lança Cleitim por trás dos meias. O time do Pebas inteiro volta pra marcar, inclusive o centroavante. É agora! Pode ser o último lance do jogo.

Cleitim dá a caneta no zagueiro na linha de fundo e cruza, buscando Talysson. O marcador toma a frente, mas nosso artilheiro dá um peixinho e testa firme. A bola explode no travessão.

A bola volta pra intermediária. Pepê e o camisa 4 vão disputar no alto. Nalda fecha junto. Mesmo com o corpo mais leve, Pepê se apoia no pé ruim e desaba de dor.

A rebatida em Nalda faz a bola parar nos pés de Cleitim de novo. Talysson se apresenta na frente da área, e a zaga fecha o passe no carrinho duplo. O atacante volta pra bloquear o corte do ala, mas Cleitim apenas pisa pra trás.

Jorjão vem como um touro e desce a pancada do meio do campo.

Com direção.

A torcida marciana se cala. Agora, só ouvimos as vozes conhecidas da nossa comunidade. Os reservas invadem o campo e correm pra tudo que é lado. Nalda e Pepê se abraçam no chão, chorando um no ombro do outro. Ratinha pula sem parar, dando cambalhotas no ar, como um bobo da corte, o mais alto que a atmosfera permite. Jovelina sacode a camisa do Casa para a torcida, como uma bandeira. Cleitim beija Jorjão, "Te amo, Jorginho!". MC Taly Brown entoa suas rimas que logo viram gritos de guerra:

Na ZN ou em Marte
Nóis já é de casa
Aqui é tudo nosso
Fica esperto, marça
Casa! Casa! Casa!

    Mãe e eu admiramos aquela obra de arte assinada pelos nossos artistas favoritos. Não tem pra ninguém! Marte, Terra, Lua, Sol... Neste universo, nada é mais bonito do que ver todos os rostos das cores da favela sorrindo.

RECOMEÇO

KELLY NASCIMENTO

OUÇO O DESPERTADOR tocar ao longe e tento me apegar aos últimos resquícios do sonho, mas seu sorriso, seu rosto se apagam aos poucos. Abro os olhos e sinto dor. Não sei se é por causa da luz do sol na janela ou por não sentir mais o cheiro do café recém-passado.

Nunca mais consegui tomar café desde que você se foi. Já são oito ou nove meses? A passagem do tempo se tornou cada vez mais confusa. Sigo emendando plantões e evitando voltar para a nossa casa – você não está mais aqui, mas esta ainda segue sendo nossa casa.

Levanto-me rapidamente da cama, vou direto ao banheiro, sem olhar para o espelho, e entro no banho frio. Preciso acordar, preciso de lucidez para mais um plantão. Salvar o maior número de vidas é a forma que tenho de me vingar da doença que tirou você de mim...

Visto calça jeans e camiseta branca, arrumo meu cabelo com o pente garfo. Você foi a primeira pessoa a dizer que eu ficaria linda com meu cabelo natural. Pego meu casaco, minha bolsa e saio de casa. Poucas pessoas andam pelas ruas agora. Tentamos viver uma normalidade falsa. Não sabemos o que é normal desde que as primeiras pessoas começaram a adoecer – há dois anos.

Os primeiros pacientes apresentavam confusão mental, fortes dores abdominais, pústulas e dormência nos membros, quadro que logo evoluiu para insuficiência respiratória, falência múltiplas dos órgãos – até o óbito. Não existia um grupo de risco específico e também não era clara a forma de contágio: em apenas uma quinzena, já estávamos diante de uma pandemia nunca antes vista na história humana.

A sensação era de que estávamos em um campo de batalha, tantas pessoas e tão pouco tempo para chorar os mortos. Parecia um grande pesadelo, mas você nunca deixou se abater. Dividimos nossa vida, compartilhamos o mesmo amor pela Medicina e a mesma dor pela perda de um paciente.

Sabe, eu tentei te odiar, tentei mesmo. Quando nosso primeiro colega de equipe adoeceu, você prometeu que nada aconteceria, que passaríamos a vida juntos e que, quando estivéssemos bem velhinhos, morreríamos com poucas horas de diferença. Thomás foi o primeiro. Morreu cinco dias após manifestar os primeiros sintomas. Fizemos nosso melhor com os cuidados paliativos, mas logo Carla, a auxiliar de enfermagem de olhos azuis, Agatha, a enfermeira de dentes tortos, e Marta, que tinha acabado de ter um bebê, também adoeceram.

Nessa época, já não voltávamos mais para casa. Não era possível com tantos pacientes, tantas pessoas precisando de ajuda. Acho que só encontrar seus olhos no meio de tanto caos me ajudava a manter a sanidade.

Três meses após o início da pandemia, descobriu-se que a doença – agora chamada de O mal de Tut, em uma referência completamente equivocada à maldição do faraó – era causada por uma mutação no fungo *Aspergillus niger*, que ainda não respondia a nenhum fungicida conhecido e tinha uma forma desconhecida de contaminação. As pessoas foram tomadas por um desespero sem precedentes, e o número de mortos já ultrapassava milhões quando apareceram na mídia os primeiros casos de suicídio.

Quando a doença atingiu um platô e alguns pacientes começaram a se recuperar lentamente, percebeu-se que parte da população negra se mostrava imune à doença. Você tocou meu rosto com dedos longos e frios e, com um sorriso presunçoso, disse:

— Sabe, podemos olhar pelo lado positivo: além do seu cabelo maravilhoso, nossos filhos serão imunes! Então cabe uma mudança de planos, o que você acha de cinco filhos? Três meninas lindas iguais à mãe, dois meninos com o seu sorriso e todos inteligentíssimos como o pai. Assim, cumprimos nosso papel de repovoar o planeta com pessoas lindas e inteligentes

— Quanta modéstia! Mas serei obrigada a declinar da sua proposta.

Você sempre foi a parte otimista e sonhadora do relacionamento.

Em uma das nossas raríssimas noites de folga, cozinhei para nós dois: risoto de queijo, seu prato favorito e "coincidentemente" o único que sei fazer. Em um primeiro momento, achei que você estivesse um pouco bêbado, e lembro que durante a faculdade você tomava porres homéricos. Falou do quanto me amava.

— Eu te amo desde a primeira vez que te vi sabia? Não, acho que eu te amava antes nos meus sonhos.

— Também te amo, você exagerou no vinho e agora está um bêbado romântico.

— Antes de você eu nunca havia cogitado ter filhos... Nenhuma criança deveria se sentir preterida em relação ao trabalho de seu pai, mesmo que esse seja a "honrada missão de salvar vidas".

— Definitivamente acabou o vinho. Eu não tenho a menor dúvida de que você será um excelente pai, assim como é um ótimo médico e um marido incrível, então vamos devolver os esqueletos para o armário e curtir nossa noite de folga.

— Acho que podemos nos organizar... quando tudo isso passar, diminuir o ritmo de trabalho... o que você acha de uma casa na orla da praia? As crianças correndo pela areia...

Suas palavras começaram a soar desconexas, e, quando notei as primeiras pústulas no seu braço, você desmaiou.

Nosso apartamento fica a poucas quadras do hospital, e até hoje me pergunto como consegui reunir forças para carregar seu corpo inerte até lá. A partir desse momento, todas as minhas lembranças se tornam confusas e enevoadas. A única coisa da qual me lembro com clareza são os olhares de piedade que nossos colegas de trabalho nos lançaram. Durante três dias fiquei sentada na porta da UTI, onde os doentes ficavam isolados. Não me recordo de ter levantado nem para ir ao banheiro ou para comer. Não chorei quando recebi a notícia da sua partida. Aquele corpo pálido, com veias azuladas e de aspecto cadavérico não era você.

Não houve velório, o enterro foi muito rápido. Apenas eu e os coveiros, vestidos com macacões brancos e máscaras, estávamos presentes, e deixei no seu túmulo um buquê de tulipas, a primeira flor que você me deu, quatorze anos atrás.

Voltei para casa sem deixar de sentir sua presença em cada canto do nosso apartamento. Deitei em nossa cama e ali permaneci por quatro dias inteiros. Acordei atordoada com o meu celular tocando.

– Helena?

– Helena, eu sei que você não está bem...

– Oi...

– Eu compreendo a sua dor e me sinto horrível por fazer isso, mas precisamos muito de você... Temos muitas pessoas precisando do seu cuidado.

– O que aconteceu?

– Estamos completamente desfalcados... perdemos mais pessoas da nossa equipe, temos alguns ainda internados e o restante está completamente exausto.

– Eu... eu... não me sinto bem... não me sinto pronta para voltar...

— Você jurou por Apolo médico, por Esculápio, Hígia e Panacea. Seus pacientes dependem de você, a sua presença aqui é a diferença entre a vida e a morte para vários deles. Sei que estou sendo duro, mas também sei o quando você sempre foi uma profissional dedicada e comprometida e que faria o mesmo se estivesse no meu lugar.

— Compreendo... vou assumir o meu plantão.

— Muito feliz por dividir as trincheiras com você, até mais tarde.

Desde então, minha vida tem se resumido aos meus pacientes – em comemorar recuperações ou consolar famílias que passam pela mesma dor que eu. Mesmo com diversas pesquisas e experimentos, o número de doentes se manteve estável nas últimas semanas, e ainda não encontramos a cura. O maior desafio hoje é a escassez de equipes médicas após a morte da maioria de nossos colegas.

Mesmo fazendo frio, prefiro caminhar até o hospital. Há um largo boulevard cheio de árvores, diversas lojas e prédios comerciais. Em um dia assim no antigo normal, tudo estaria muito movimentado, mas hoje há poucas pessoas, apressadas e distantes umas das outras.

Estou perdida em pensamentos quando escuto um sussurro indistinto. Paro e olho ao meu redor, mas não há ninguém por perto. Ando por mais alguns metros até escutar claramente meu nome:

— Helena.

Paraliso. Meu coração dispara, sinto a boca ficar seca e, mesmo com o frio, minhas mãos transpiram. É como se algo dentro de mim estivesse prestes a explodir.

De novo, mais alto:

— Helena.

Sinto uma vertigem e um gosto metálico na boca, minha visão escurece por alguns segundos, meus dedos formigam, me falta o ar: é a sua voz! Acelero o passo até o hospital, tenho medo de desmaiar na rua, sinto as lágrimas escorrendo pelo rosto, não olho para trás.

Quando chego lá, o segurança na porta me olha preocupado.

– Doutora, a senhora tá se sentindo bem?

Não consigo me lembrar do nome dele. Estou atordoada, mas não acredito ser capaz de dizer em voz alta o que passei minutos atrás, então apenas sorrio e respondo:

– Estou bem! É só falta de café depois de uma noite de insônia.

– E quem não tem insônia hoje, doutora? Mas, se precisar de algo, é só chamar!

– Obrigada. Um bom plantão para nós dois.

Caminho com passos apressados até o vestiário. O que senti mais cedo pode ser um dos primeiros sintomas... Será que mesmo depois de tantos meses eu não sou imune e acabei contraindo a doença? Nosso quadro de funcionários está além do estado crítico. Se eu adoecer, o que será dos meus pacientes?

Aflita, tiro o casaco e começo a examinar meus braços. Levanto a camiseta, olho minha barriga. Não vejo sinal das pústulas características, então respiro fundo e tento me acalmar. Visto o uniforme verde, os sapatos de borracha e penduro o estetoscópio no pescoço. A partir de agora, não posso me dar o luxo de ficar nervosa – os outros dependem de mim.

Com tão poucos médicos, sou bombardeada por prontuários, enfermeiros e técnicos me pedindo atenção e diagnósticos. Analiso os casos de acordo com a classificação de prioridade e dou instruções rápidas.

Os pacientes têm idade, condições físicas e classes sociais variadas. Nesse sentido, é uma doença curiosa: quando atingiu os mais pobres e menos favorecidos, como de costume, foi negligenciada, mesmo assim permitindo a recuperação de muitos pacientes; quando chegou às classes mais abastadas, porém, o cenário se inverteu, e muitos óbitos aconteceram. O sistema de saúde particular entrou em colapso, todo o descaso com a pesquisa e com a busca pela cura foi escancarado.

A primeira enfermaria que visito é uma sala ampla com cinco leitos de cada lado. Não reconheço a responsável pela ala, uma mulher branca de mais ou menos 50 anos e cabelos loiros na altura das orelhas. Ela me olha da cabeça aos pés com clara desaprovação. Mesmo depois de receber esse mesmo olhar tantas vezes na vida, ainda me sinto violentada.

– Bom dia, sou a doutora Helena.

– Você não devia usar aliança durante o plantão.

Olho para a mão direita e percebo que de fato me esqueci de guardar a aliança, coisa que nunca aconteceu antes. Ignoro o comentário da enfermeira e não retiro a aliança. Me dirijo ao primeiro leito, onde pego um prontuário e começo a lê-lo. Ao sentir que estou sendo observada, me deparo com o paciente, um homem negro idoso que sorri e se dirige a mim de forma gentil e animada:

– Bom dia, minha filha, então é você a moça bonita que vai me dar alta hoje. Preciso voltar pra casa e cuidar das minhas plantas!

– Olá, senhor Antônio. Gostaria muito de te mandar para casa, mas o senhor vai ter que ficar mais alguns dias aqui conosco.

– Ah, minha filha, desde que minha velha se foi, três anos atrás, eu prometi que cuidaria das plantinhas como se estivesse cuidando dela. Isso ajuda a diminuir a dor e a saudade, entende? Imagina se você tivesse que ficar longe do seu noivo...

As palavras dele me causam um aperto no peito. Sinto as lágrimas brotarem no canto dos olhos, respiro fundo para contê-las, então sorrio.

– Olha, eu entendo sua dor e sua preocupação, mas tenho certeza de que sua velha não deixaria o senhor ir embora sem estar cem por cento, não é? Te vejo amanhã então, seu Antônio. Com licença.

Sigo para os demais leitos, sorrio, converso, mas o nó não se desfaz. Sinto a mão direita pesada e não consigo deixar de olhar para ela a cada movimento.

Quando finalizo as visitas e me dirijo outra vez ao balcão de enfermagem para atualizar as prescrições médicas, sou encarada novamente pela expressão de desprezo da enfermeira.

Sigo minha ronda até outra enfermaria e ouço mais uma vez, agora muito mais alto e em tom de desespero:

– Helena!

Olho em volta para o corredor vazio. É a sua voz. Não tenho como negar, mas ao mesmo tempo não acredito. Sinto o gosto metálico na boca, o formigamento e a vertigem, então me apoio com as duas mãos na parede mais próxima e curvo o corpo para a frente. Meu coração dispara.

Sinto duas mãos segurarem minha cintura, e uma voz nervosa diz atrás de mim:

– Opa! Tá tudo bem Helena?

Dou de cara com Makoto, que foi meu supervisor durante a residência. Ele me ampara e caminhamos até um banco.

– Sim – respondo –, foi só uma vertigem. Acordei atrasada e não tomei café da manhã.

Ele me olha preocupado, verifica minha pulsação, examina meus braços.

– Fui completamente contra o seu retorno! Você precisava de tempo para lidar com o luto e não ser jogada no meio do turbilhão! Você precisa descansar, tirar o restante do dia de folga. Faz meses que você e toda a equipe estão trabalhando em um ritmo alucinante. Em algum momento, o corpo vai cobrar o preço.

– Descansar? Cuidando de dez vezes mais pacientes que o recomendado? Infelizmente não dá. O Fabrício me chamou para o retorno e ele está correto, tenho pessoas para cuidar e um juramento a cumprir. Não se preocupe, foi só um mal-estar passageiro. Vou passar agora na cantina e comer alguma coisa. Muito obrigada pelo amparo.

Sorrio com a preocupação genuína de Makoto. Ele suspira e cruza os braços na frente do peito.

– Bem, não posso internar você... ainda, mas vou ficar de olho.

*

Na segunda parte do meu turno, atendo no pronto-socorro. O medo de contaminação do início da pandemia chegou a esvaziar os ambulatórios, afastando pacientes com problemas e doenças mais simples ou rotineiras. Essa atitude infelizmente só piorou a situação: vítimas de pequenos acidentes domésticos, em razão dos quais normalmente não buscariam muito além de alguns pontos ou receitas para analgésicos, passaram a procurar o serviço médico apenas quando suas feridas já estavam bastante infecionadas; resfriados infantis evoluíram para pneumonias, causando a necessidade de leitos já escassos.

Apenas três dos nossos diversos consultórios estão em uso no momento. Mesmo sem médicos, tentamos manter os demais colegas preparados e isolados para receber novos pacientes da pandemia. O auge da sobrecarga aconteceu quando os três grandes hospitais particulares da região foram fechados por falta de profissionais de saúde, e porque os planos de saúde deixaram de cobrir os tratamentos. Foi pouco depois de você morrer.

Atendo uma pessoa após a outra, com tempo apenas para trocar a cobertura da maca e lavar as mãos. Começo por um caso de catapora em um bebê de quatro meses acompanhado da mãe, uma jovem de 18 anos desesperada com o medo de perder o filho para a nova doença.

Em seguida, trato o corte profundo na testa de um adolescente vestindo roupa de grife e ostentando um relógio que deve custar o valor do meu apartamento – o ferimento um resultado de uma aposta com amigos que, imagino, são igualmente ricos. Um morador de rua com os dedos dos pés tão congelados que precisa ser internado para fazer uma amputação. Uma mulher religiosa de 48 anos a quem preciso informar que tem infecções sexualmente transmissíveis já em estado avançado. Ela chora em silêncio e, envergonhada, diz que nunca esteve com outro homem além do marido, com quem se casou aos 14.

Em momento algum a faculdade de Medicina ou a residência em cirurgia me preparou para atender pessoas tão diferentes entre si. Finalizo o atendimento da última paciente pouco antes de ser chamada para uma das reuniões diárias da equipe. É nelas que recebemos atualizações de protocolos e redistribuições de tarefas e setores, assim como os nomes dos nossos últimos colegas mortos. Todos os dias passo por arrepios, falta de ar e palpitações. Por mais que estejamos em uma metrópole com milhares de pessoas, sempre existe um nome conhecido nessa listagem.

Sou uma das últimas a entrar na sala e fico próxima à porta. Makoto está a algumas cadeiras de distância, me observando com um misto de preocupação e desagrado. Compreendo a posição dele – vocês dois foram grandes amigos; imagino como ele também sofreu com sua morte. Na reunião, somos atualizados dos números de contaminados e mortos, que continuam a subir, mas em um ritmo menos acelerado. O clima fica mais tenso com a aproximação da lista de colegas mortos. Me ajeito na cadeira e tento encontrar uma posição confortável, mas não consigo. Sinto uma pontada forte do lado direito da cabeça, meu corpo inteiro formiga, surgem diversos pontos luminosos no meu campo de visão, como vagalumes piscando. Depois, tudo escurece.

Mesmo sem enxergar quase nada, fico apavorada com essa sensação. Não posso desmaiar na frente de toda a equipe.

Tento ficar de pé o mais silenciosamente possível e me dirijo até a porta. Escuto o barulho de um leve arrastar de cadeiras, olho para trás e percebo Makoto também se levantando. Sei que ele está vindo atrás de mim, mas não sei por que isso me desespera. Minha visão está cada vez mais turva. Consigo andar mais ou menos três metros e sei que não consigo ir mais longe, então me jogo para dentro do primeiro consultório com a porta aberta. Mal tenho tempo de fechar a porta antes de desmaiar.

*

Minutos depois, acordo, permaneço com os olhos fechados. Sinto um gosto metálico na boca, felizmente a dor de cabeça e os outros sintomas sumiram. Abro os olhos, que levam alguns segundos para se acostumar à meia-luz. Estou sozinha no consultório imundo, como se ninguém entrasse ali há meses. Fico surpresa. Por mais que essas salas estejam vazias por falta de médicos, ainda deveriam ser conservadas limpas caso chegue um caso grave com necessidade de isolamento imediato.

Me levanto, bato a poeira da minha calça e percebo como faz frio. A segunda pele térmica que uso por baixo do uniforme não me aquece o suficiente. Meu corpo parece ter esfriado muito no tempo em que fiquei desacordada. Vou até a pia encardida do consultório, mas o *dispenser* de sabonete está vazio. Tiro o frasco de álcool em gel do bolso e passo nas mãos. Abro a porta e saio da sala.

Me vejo no corredor escuro e deserto, empoeirado – o que novamente não faz sentido. Volto até a sala de reunião, mas a porta não abre. Ela acaba cedendo com um pouco de força. Lá dentro, dezenas de cadeiras amontoadas contribuem para a imagem de abandono.

Com algum esforço, consigo me manter calma. Volto pelo mesmo corredor em direção ao pronto-socorro: tudo

está deserto, sujo e silencioso. Os telões onde os pacientes costumam acompanhar as senhas estão desligados. Ando até a entrada do hospital tentando suportar o frio, cruzo os braços na frente do peito para me aquecer. Chego ao átrio do hospital, também vazio, quando de repente ouço:
— Helena!
Sua voz vem da rua. Corro até a porta da entrada principal, que está fechada por uma grande corrente com cadeado. Tento desesperadamente empurrar e abrir passagem. Sua voz chorosa grita meu nome mais uma vez:
— Helena!
Tudo acontece muito rápido: uma forte pontada na cabeça, minha visão escurece – e desmaio outra vez.

*

Acordo atordoada e confusa no chão frio do átrio do hospital. O segurança com quem cruzei pela manhã está ao meu lado falando nervosamente no rádio:
— QSL. Ela tá aqui. Não vi por onde ela veio, só quando já estava caindo no meio do saguão.
Não entendo o que está acontecendo. Vejo alguém se ajoelhar ao meu lado.
— Porra, Helena! Onde você se enfiou?! Quer matar todo mundo de preocupação?
Reconheço a aflita voz de Makoto.
— Pedro, pede para trazerem uma maca, por favor. A doutora Helena não está bem, vou levá-la para avaliação.
— Olha, doutor... – diz o segurança. – Desde a hora em que ela chegou, notei que não estava com uma cara muito boa não.
Makoto me lança um olhar severo. Dois auxiliares de enfermagem me colocam em uma maca e me levam pelo corredor enquanto ele segue caminhando ao meu lado.
— Cara, onde você estava com a cabeça? Começar a passar mal e se esconder? Ninguém vai te achar fraca por

não estar bem um dia, assim como ninguém te acharia fraca por não voltar a trabalhar quatro dias depois de tudo o que aconteceu.

Ele solta um suspiro de insatisfação.

A maca avança, e observo os corredores limpos, movimentados e iluminados – um cenário completamente diferente daquele que eu vi poucos minutos atrás.

Entramos em um dos consultórios. Makoto agradece a ajuda dos auxiliares e fecha a porta. Estamos sozinhos, começo a me levantar da maca para me sentar na cadeira.

– Fique deitada. Preciso examinar você.

– Por que está falando assim comigo?

– Agora você é minha paciente, goste disso ou não.

Ele coloca o oxímetro no meu dedo e um termômetro na minha axila direita, ausculta meu coração e pulmões, levanta a manga da segunda pele e examina meus braços, levanta minha blusa e examina o abdômen. Não encontra nenhuma pústula.

Makoto cruza os braços à frente do peito.

– Quais sintomas você tem sentido? Teve febre nas últimas horas? Confusão mental? Delírios?

Respiro fundo e me dou conta de que estou falando mais para mim do que para a anamnese de Makoto.

– Delírios... – digo. – Acho que estou passando por delírios desde hoje de manhã... Ouvi a voz do Alexandre me chamando mais cedo... Agora há pouco, eu estava aqui no hospital, mas tudo estava diferente, vazio, empoeirado. Ouvi o Alexandre me chamar mais uma vez, mas a porta de saída estava trancada... Acha que eu estou infectada... ou que estou enlouquecendo?

Ele abre um dos armários do consultório, retira um dos testes rápidos e um par de luvas descartáveis.

– Antes de mais nada, como alguém que se preocupa com você e te ama... como um amigo... acho que você está cansada e não teve tempo de vivenciar seu luto. Já como médico, vou te testar agora, apesar de não haver sintomas físicos.

Delicadamente, ele fura meu indicador direito e coleta algumas gotas de sangue no dispositivo de teste. Aguardamos o resultado em silêncio.

– Por que você ainda usa aliança? Não seria mais fácil deixá-lo partir? Já se passou um ano...

– Um ano?! Só faz 7 meses!

– Sim, Helena, completou um ano duas semanas atrás... você não se lembra?

Não respondo à pergunta. Meu peito dói. Makoto me encara, mas não consigo entender sua expressão. Ele não insiste na pergunta.

– Bem, o resultado é negativo – ele diz, enfim. – Isso já podemos descartar, mas você ainda precisa de repouso. Falta pouco para o fim do plantão. Como seu amigo, vou deixar você escolher: posso te internar para passar a noite e descansar aqui ou posso te acompanhar até sua casa, mas dobrar o plantão você não vai!

– Prefiro ir pra casa, não quero ocupar um leito à toa.

– Não é à toa, já que você é minha paciente. Vou pedir para uma das auxiliares te ajudar com a roupa.

Continuo deitada na maca depois que ele sai do consultório. Após alguns minutos, uma estagiária da enfermagem entra para me acompanhar até o vestiário, onde mudo de roupa e arrumo minhas coisas. Dispenso a acompanhante, que, muito receosa, retorna para os próprios afazeres, e me sento em um dos bancos próximos. Aguardo por mais ou menos meia hora, perdida em pensamentos, até que finalmente Makoto se aproxima.

– Vamos?

O sol já está se pondo, há pouquíssimas pessoas nas ruas, e caminhamos em silêncio. Na porta de casa, ele me olha com uma expressão que novamente não consigo traduzir.

— Agora você está em casa, espero que descanse. Não vai conseguir ajudar ninguém sem antes ajudar a si mesma. Sei que ainda dói... também sinto muito a falta do Alexandre... mas só nos resta recomeçar...

Por mais que saiba que Makoto está certo, ainda não consigo deixar você partir.

— Vou seguir seu conselho... e você também descanse. Uma boa noite.

Entro, mas não acendo as luzes. Coloco a bolsa no banco ao lado da porta e me sento no sofá. Sinto uma corrente de vento passar por mim. Me levanto para fechar a porta da cozinha, que só posso ter deixado aberta, e tudo acontece muito rápido. Uma vertigem forte, um formigamento nas mãos, uma pontada na cabeça. Pequenas luzes piscam na minha frente, sinto meu corpo cair, e a última coisa que vejo antes de tudo se apagar é o piso de taco.

*

Levo alguns segundos para entender onde estou, mas aquele mesmo gosto metálico permeia minha boca. Sentada, olho em volta. Meu apartamento está imundo, cheio de coisas espalhadas pelo chão empoeirado.

— Helena.

Ouço a voz alta e clara. Levanto e sigo o som instintivamente. A porta do apartamento está destrancada. Caminho pelo corredor e desço os três andares de escada.

— Helena.

Abro a porta do prédio. Uma garoa fina e muito fria cai do céu. Não sei para onde estou indo, mas caminho uma quadra e meia em direção ao hospital. A garoa se intensifica e se transforma em chuvisco. Ao longe, vejo um vulto sentado no chão. Sinto um misto de medo e preocupação – pode ser alguém doente, fraco, sem forças para chegar ao pronto-socorro. Me aproximo com cautela.

— Helena.

Sinto a boca seca, meu coração dispara. Toco o ombro daquela pessoa, que lentamente se vira e me encara, pelo segundo mais longo da minha vida. Com um nó na garganta, sinto vontade de chorar. Tinha certeza de que nunca mais veria seus olhos castanhos. Seu nome sai dos meus lábios em um sopro:

— Alexandre...

Você se levanta de um pulo e me puxa. Em seus braços, sinto seu coração bater tão rápido como o meu. Você me aperta mais e toca meu cabelo.

— Helena... eu te perdi! Te chamei tantas vezes, e agora você está aqui...

O chuvisco se transforma em chuva, encharcando nossos corpos abraçados.

Pouco a pouco, você me solta do abraço, coloca a mão no meu rosto e sorri. Olho para você. Está muito mais magro, com o cabelo comprido e sujo. No canto dos seus olhos existem rugas que não estavam ali antes, mas o brilho em seu olhar ainda é o mesmo. Você dá um passo atrás e cambaleia. Seguro seu braço.

— O que você está fazendo aqui?

— Procurando por você. Vamos para casa.

Você se inclina e beija meus lábios, lento, tímido e quente como sempre. Nada faz sentido; estar com você não faz sentido.

Caminhamos de mãos dadas até o apartamento. Nossas roupas estão molhadas, e as suas, muito sujas e puídas. Ao chegarmos, você acende a luz, visivelmente envergonhado da bagunça em que a casa se encontra. Encaramos um ao outro em um silêncio estranho.

— Helena... eu beijei sua testa e fechei seus olhos quando você se foi... Não consegui te dizer o quanto te amava pela última vez. Meu mundo acabou ali...

Não sei o que dizer. Tudo é tão real, tão vívido. Vejo sua respiração se condensar. Você franze o cenho e, com passos largos, vai até o nosso quarto enquanto permaneço de pé na sala. Você traz roupas que não vejo há muito tempo – todas limpas, mas com cheiro de guardado.

– Precisa tomar um banho antes que adoeça – você fala.

– Não sei se você é mais um dos meu delírios, mas prometi sempre cuidar de você, não vou falhar novamente.

Aceno com a cabeça e me dirijo ao banheiro. O primeiro jato de água a sair está sujo, como se o chuveiro não fosse utilizado há muito tempo. Sinto a água quente nas costas e fecho os olhos. Por mais que não deva, sinto meu corpo relaxar. Não sei dizer se tudo que vivi foi um pesadelo ou se estar com você é um sonho – talvez um misto dos dois. Abro os olhos e o vejo parado na porta, me olhando como tantas outras vezes.

*

Não sinto o gosto da comida. O silêncio entre nós é tangível. Inspiro profundamente, não consigo olhar para você, mas pergunto, antes de perder a coragem:

– O que aconteceu?

Você coloca o garfo que estava em sua mão na bancada, levanta a cabeça e encara a parede por alguns segundos. Ainda sem olhar para mim, responde:

– Você morreu... três meses após o começo da pandemia. Foi uma das primeiras pessoas contaminadas. Mutação extremamente agressiva do fungo, todos os estágios da doença em pouquíssimas horas. Eu estava operando um paciente com endocardite, ninguém me avisou o que estava acontecendo. Quando terminei a cirurgia, não consegui me despedir de você. Só consegui ver seu corpo com os olhos abertos, já sem vida.

Sua voz está embargada, e lágrimas grossas escorrem do seu rosto.

– Saí do hospital e não consegui voltar. Passei um mês trancado aqui em casa, sem atender ligações nem receber visitas. O número de mortos ultrapassou todas as expectativas e gerou um colapso como nunca antes visto. O hospital foi fechado por falta de funcionários. As pessoas ainda saudáveis, as consideradas imunes, foram transferidas para campos de isolamento... o restante foi largado para morrer.

Ele para de falar por alguns minutos. Finalmente se vira para mim, segura minha mão esquerda e sussurra:

– Já não conseguia mais ficar dentro de casa. Comecei a vagar e tentar fornecer algum conforto e dignidade aos que foram abandonados para morrer. Enterrei muitos corpos, Helena, e durante esse tempo voltei muito pouco para casa. Tudo aqui me fazia lembrar de você... Fiquei sozinho, já não havia mais de quem cuidar, quem enterrar. Até que vi você caminhando pelo boulevard. Gritei seu nome, você parou, mas não conseguiu me ver. Segui te chamando até que você apareceu. Não sei se é delírio da doença, e a verdade é que não me interessa. Trocaria minha própria vida para te ver mais uma vez.

Você me puxa, me abraça forte, suas lágrimas molham minha blusa. Levanta a cabeça e olha dentro dos meus olhos, e eu vejo todo o universo dentro dos seus. Seus lábios tocam os meus, primeiro de forma tímida, mas a cada segundo sinto seu medo, sua solidão e sua urgência. Você lentamente tira meu cardigã, suas mãos tocam minha pele e brincam com meus seios. Sem deixar de me beijar, me carrega até o quarto e me deita na nossa cama. Sentir o calor e o peso do seu corpo de novo me proporciona uma sensação completamente nova. Me desfaço de todo o peso que carreguei no último ano, sinto você dentro de mim, o calor fluindo, meu corpo vibrando junto ao seu. Adormeço em seus braços.

Quando acordo, o sol está entrando pela janela. Olho para o seu peito nu e me sinto engolida por um abismo – seu corpo está coberto de pequenas pústulas. Você acorda e me dá um sorriso preguiçoso e feliz, mas fica confuso ao me ver encarando seu abdômen. Você olha para o próprio corpo.

– Não tenho problema em morrer, não tenho medo. Não depois dessa segunda chance... de conseguir me despedir.

Passo os dias seguintes cuidando de você. Arrumo a casa, cozinho para nós dois. Conversamos muito, recordando a mesma história de forma diferente. Agora que tenho suas lembranças e as minhas, sinto uma estranha leveza. Os sintomas surgem devagar, mas não os delírios – nem a confusão mental. Na verdade, nunca vi você tão lúcido e feliz.

No final da tarde do quarto dia, você me diz que está com sono e que quer tirar um cochilo antes do jantar. Pede que eu segure sua mão antes de dizer:

– Em qualquer universo, eu sempre vou te amar.

Não percebo quando também cochilo sentada na poltrona ao lado da cama. Suas mãos estão mais frias que o costume. Só então percebo que usa duas alianças na mão esquerda.

Retiro uma do seu dedo frio e coloco no meu. Beijo sua testa.

– Obrigada pela segunda chance.

*

Ainda tenho duas alianças em meu dedo. Lentamente retiro uma de cada vez e as observo. Minha cabeça fervilha, tento sem sucesso formular alguma explicação para o que aconteceu. Esse anel é a única prova de que não fui tomada pela loucura, de que os últimos dias foram reais. Levanto da poltrona, caminho até a penteadeira e guardo os dois anéis no porta-joias joias junto com sua aliança que ali já estava.

Cada detalhe do apartamento ainda me lembra você. Toda a dor e o peso que eu carregava se desfazem, me sinto tomada pela gratidão. Talvez nosso amor tenha aberto uma janela entre mundos, a verdade é que a razão não me importa.

Troco de roupa, calço meus sapatos. Minha bolsa ainda está no banco, como eu havia deixado dias antes. Ligo o celular e vejo dezenas de mensagens não lidas. Ignoro todas elas e mando uma mensagem para Makoto, convidando-o para tomar café da manhã.

Visto o casaco e saio de casa para trabalhar.

É hora começar de novo.

SEGUNDA MÃO

PETÊ RISSATTI

— **QUANDO TE CONHECI,** você já era de segunda mão.

O mais triste disso tudo foi que a frase não tinha nenhuma intenção de ferir os sentimentos dele, mas seu rosto era transparente demais para mentir. Ele se magoou com a brincadeira e talvez agora, mesmo lá longe, essa mágoa ainda corroa seu coração. Por outro lado, ele esquecia rápido as ofensas, ou ao menos fingia bem, pois depois que soltei essa frase infeliz, vários sentimentos rastejaram pelos vincos do rosto daquele homem grande, de traços fortes e movimentos rápidos, mas não brutos, apesar do tamanho. Uma dor profunda, como aquelas que brotam de lembranças mal curadas, e uma malícia veloz que passou como um raio. E, então, um sorriso que até hoje, depois de tanto tempo, ainda cutuca meu coração como uma agulha.

— A vantagem de ser novo é que não precisa pensar muito para falar. A vantagem de ser velho é que, em geral, a gente já ouviu de tudo, então não se surpreende com quase nada.

Nossa diferença de idade não era gritante: quinze anos. Para ele, uma vida. Sempre me dizia que já transava quando eu nasci. Da primeira vez, perguntei se tinha sido com homem ou mulher. Ele respondeu que tinha sido com mulher, ainda que na época essa coisa de transar com homens e mulheres já não causasse problemas. Há décadas relações homossexuais já nem chamam mais atenção, mas as outras ainda pesam tanto. Dá raiva. De verdade.

Estávamos na fila do hiperônibus, eu estava voltando da Universidade Mundial, ele estava voltando do trabalho no Ministério do Lazer. Diferentemente do que se podia pensar do seu visual, era um homem sensível, bastante culto, mas nada afetado nesse sentido. Era discreto com seu conhecimento, e essa discrição chamou minha atenção de imediato. Eu estava mexendo na minha minitela e ouvindo música ao mesmo tempo. Ele estava com fones de ouvido e mexia a boca como se estivesse cantando junto. Só fui descobrir a contravenção mais tarde.
– O senhor vai subir?
– Quê?
– O senhor vai entrar no hiper?
– Ah, sim. Vou. Depois de você.
Nesse momento, um lampejo, que começou no canto do olho, cruzou sua pupila e me mostrou que aquela seriedade toda escondia um turbilhão. E, naquele mesmo momento, eu me vi apaixonado. Isso já faz tanto tempo, mas me lembro de quando ele piscou três vezes para espantar aquele brilho de quem se descobre aberto a possibilidades depois de muito tempo sem tê-las. Sem nem saber se elas existiam mais.
– Tudo bem. Obrigado.
– Você está vindo da UniMundi?
Tomei um susto quando ele me fez a pergunta, o primeiro de tantos outros quando ele, à queima-roupa, me desferia questões sobre a vida, os quereres, as ideias que não paravam de surgir naquela cabeça que já mostrava os primeiros fios grisalhos. Ele era um menino no corpo de um homem rumo a uma maturidade bonita. Eu era um menino que se fazia de sério e centrado para não se ferir mais na vida, sem saber que estava diante de uma ferida que nunca mais fecharia.
Se eu soubesse que teríamos algum tempo, mas que todo aquele tempo não seria suficiente para o que sentíamos um pelo outro, teria ficado mais ao lado dele. Não teria evitado

as tantas vezes que me pediu colo. Não teria me feito de difícil. Pois, sim, me fiz de difícil algumas vezes para, de alguma forma, me valorizar, me proteger, mas depois entendi – nem cedo, nem tarde demais – que ele não fazia joguinhos, não caía em armadilhas, pois estava sempre ali, inteiro. Por mais que o mundo tivesse virado as costas para o Rafael, ele acreditava. Em quase tudo. Muita gente achava que era ingenuidade. Eu sabia que era apenas a maneira certa de viver.

– Sim.
– E estuda o quê?
– Química.
– Que legal. Eu reprovei em Química quando estava na escola.

E abriu um sorriso.

E diante de mim se abriu um espaço imenso, no qual me joguei sem pensar duas vezes.

*

Vinte e dois. Trinta e sete. Eram essas nossas idades quando nos encontramos no ponto do hiperônibus. Naquela época, não havia quem não tivesse à disposição uma minitela, que, antes da Guerra dos Anos Confusos, chamavam de *smartphone*. Porém, uma diferença fundamental entre os antigos telefones e as minitelas é que o dispositivo físico não precisava necessariamente estar na mão: era possível acessar tudo sobre a pele e por voz. Tinha gente que se dava melhor mexendo na telinha, outros nem tiravam do bolso o equipamento. Assim que entrei no hiperônibus, peguei a minitela e fiz uma varredura no veículo.

O Governo Mundial controlava o que os antigos chamavam de rede social – que, antes, eram muitas. Agora, nós tínhamos apenas a RedeMundi, que interligava todo mundo da região, com acesso também às outras quando necessário. Era muito simples encontrar qualquer pessoa em qualquer lugar, bastava fazer a varredura e todos os avatares surgiam, disponíveis para conversa caso a pessoa contactada aceitasse o convite. Pelo que soube, a dinâmica não mudou, pois os seres humanos não mudam: estamos sempre em busca – de alguma coisa que faça sentido, de alguém que nos mostre que existe um sentido para as coisas.

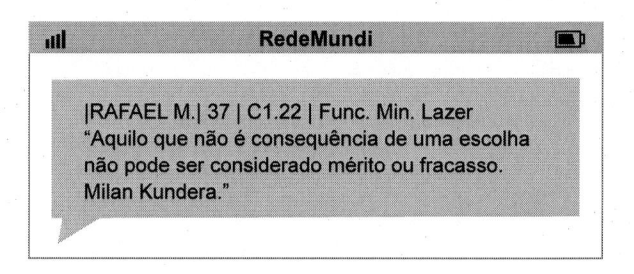

> **RedeMundi**
>
> |RAFAEL M.| 37 | C1.22 | Func. Min. Lazer
> "Aquilo que não é consequência de uma escolha não pode ser considerado mérito ou fracasso. Milan Kundera."

Pelo código do Conselho de Identificação Pessoal, o CIP, Rafael era um homem sem filhos, o que lhe conferia pontos no controle de natalidade do Governo Mundial. Era também solteiro, com um dos pais vivos, e possivelmente bom de papo. Que era gay, entendi pelo olhar. É difícil explicar para quem não é gay como é essa troca de olhares que nos conecta de imediato, nos identifica de alguma forma, demonstra que existe algo em comum. Deve ter sido coisa da evolução social do homem, quase um mecanismo de defesa para que a gente saiba com quem estamos lidando. Mesmo que a homofobia – uma palavra muito antiga que aprendi vendo um documentário sobre curiosidades sexuais do passado – fosse página virada, quem veio antes da gente precisava se defender daqueles que tinham ódio por nós e queriam nosso extermínio. Antever o inimigo e o aliado era essencial.

> JOÃO A. PEDIU PARA SE CONECTAR

Rafael havia sentado três bancos à minha frente, e eu vi quando ele endireitou o corpo assim que recebeu meu pedido de conexão. Ele se ajeitou no banco, inclinou a cabeça, coçou o queixo ou cobriu a boca com a mão, respirou fundo. Fiquei agoniado, pois não conseguia ver seu rosto, não sabia se estava sorrindo ou de cara amarrada. Já tinha visto minha animafoto, sabia que eu era o menino envergonhado – era o que ele achava até nosso segundo encontro – que tinha subido no hiperônibus antes dele e estava pensando em uma maneira de me dispensar. De me dizer não.

> **RAFAEL M. ACEITOU SEU PEDIDO**

Desde esse dia, ele quase nunca me dizia um não.

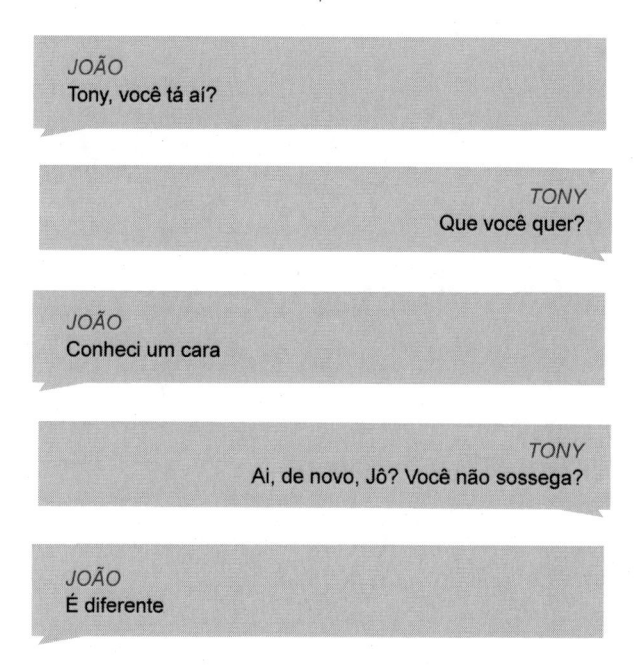

*

> **JOÃO**
> Tony, você tá aí?

> **TONY**
> Que você quer?

> **JOÃO**
> Conheci um cara

> **TONY**
> Ai, de novo, Jô? Você não sossega?

> **JOÃO**
> É diferente

> **TONY**
> O último também foi diferente. Lembra o que aconteceu?

> **JOÃO**
> Não pesa na minha...

> **TONY**
> Não tô pesando, não. Você sabe que só quero seu bem. Mas da última vez você se deu muito mal. Onde foi?

> **JOÃO**
> No ponto do hiperônibus

> **TONY**
> Ai, mais um moleque de faculdade?

> **JOÃO**
> Não...

> **TONY**
> Hum... Conta tudo

Tony ainda é meu melhor amigo e confidente. Estudamos juntos desde os primeiros anos de escola, e ele foi meu primeiro *crush* não correspondido em uma série de meninos que me rechaçaram. Até eu começar a entender quem eram os meninos que gostavam de meninos levou um tempo, mas Tony sempre conseguiu perceber – apesar de ele mesmo não gostar de meninos. Ele e Natalie namoram desde a época da escola, aquela coisa de amor adolescente que, no fundo, é para sempre. Um sortudo, o Tony.

> **JOÃO**
> Daí ele me chamou para tomar um café. Meio *cringe*. Não lembro da última vez que me chamaram para um café assim

> **TONY**
> Acostumado a ir pros finalmentes...

> **JOÃO**
> Sempre achei mais fácil. Mas ele é mais velho

> **TONY**
> Mais velho quanto?

> **JOÃO**
> Uns 10 anos, acho

> **TONY**
> João?

> **JOÃO**
> Quinze

> **TONY**
> Nossa...

> **JOÃO**
> Sabia que você ia julgar

TONY
Não estou julgando nada. Mas é que...

JOÃO
Hum?

TONY
É outro mundo, não é?

JOÃO
Não sou criança

TONY
Até ontem era

JOÃO
Tony!

TONY
Ué, 15 anos é tempo, amigo

JOÃO
Mas ele nem parece ter 37. Se não fossem os cabelos brancos...

TONY
Sei...

JOÃO
Vou te mandar uma foto

Tony achou Rafael bonito, mas disse que alguma coisa nele parecia estranha. Falei para tirar os olhos do meu futuro namorado, do que ele riu e me mandou uma música romântica pela minitela, me fazendo sorrir também. Fez com que me lembrasse das fantasias que eu já estava criando com aquele homem meio sério, meio brincalhão com quem trocava mensagens havia uma semana. Não nos encontramos mais no ponto do hiperônibus, ele disse que estava ali por acaso, pois precisara buscar uma encomenda perto da Uni. Só saberia depois que aquela encomenda era o primeiro passo para um destino já selado. Um caminho sem volta.

Ele marcou de nos encontrarmos em um café no centro da cidade. Era um lugar movimentado, do jeito que eu sempre fazia quando conhecia alguém. Ainda que o Governo Mundial controlasse a entrada e a saída de todos em todos os lugares, sempre tive medo de me encontrar em algum lugar ermo com um desconhecido. Ele não era o homem mais velho que eu conhecia nessas condições, mas sentia que não seria apenas uma saída rápida. Via em Rafael um caminho para algo maior. Conversamos muito antes de sair, as mensagens dele eram divertidas e, aos poucos, ele ganhou um pouco da minha confiança. E isso me dava ainda mais medo do que seria aquela possível relação.

※

– Olá!
 – Oi, tudo bem?
 – Tudo. Já pedi um café e um cesto de pães para acompanhar. E você...
 – Uma cerveja.
 – Hum... está bem.
 Rafael me olhou um tanto desconfiado, mas com aquele sorrisinho malicioso no rosto. Me acomodei na cadeira e vi o menu se abrir diante de mim em um holograma. Passei o

dedo pelas páginas que pairavam no ar até encontrar a parte de bebidas, toquei em uma cerveja e na mesa para o menu se fechar. Ele parecia nervoso. Fingi que estava calmo, mas dentro de mim explodiam algumas revoluções. A juventude me dava esse poder de parecer um tanto controlado, comedido, ainda que estivesse longe disso. Aprendi com Rafael a ceder um pouco às emoções, a me segurar menos. Não foi a única lição que ele me ensinou, mas uma das mais importantes.

— E aí, como foi a semana? — perguntou ele depois que o café foi deixado diante dele pela garçonete ruiva.

— Normal.

— E as aulas?

— Jura que você vai por esse caminho?

Depois que soltei essa frase sarcástica com um sorriso amarelo no rosto, ele se retraiu. Me xinguei de todos os nomes, estava arisco demais por não saber quem era aquele homem, ainda que quisesse beijá-lo ali mesmo, sentir suas mãos tocarem meu rosto, acariciar os cabelos crespos e curtos dele, levá-lo dali para um dos hotéis da região. Eu desejava aquele homem. Mas o desejo dele ia além daquilo que eu imaginava.

— Desculpe — falei, abaixando a cabeça e erguendo os olhos como um menino pego no flagra. Ele acompanhou o movimento com um erguer de sobrancelha.

— Tudo bem, não se preocupe. Não culpo você. Nem nos conhecemos, e eu interrogando você.

— Não é isso. É que...

— É que...?

— Não vejo muito sentido em falar da Uni, pois sabemos aonde queremos chegar.

— Sabemos?

Não era a resposta que eu esperava. Em geral, costumava procurar minhas transas em comunidades específicas na RedeMundi — era mais fácil assim, pois não havia muita enrolação. Sabíamos o que queríamos. Mas não era o caso de

Rafael. Ele sabia o que queria, claro, mas não era exatamente o que via nele. Talvez eu também estivesse com medo do que aquele encontro pudesse me trazer, então tentei abreviar a agonia e testar o terreno. Me dei mal. O caminho seria mais longo do que eu imaginava.

– Se você quiser, podemos ser apenas uma transa, João. Mas, se quiser, podemos conversar um pouco e fazer as coisas à moda antiga. Você decide.

– Olha, não sei se estou pronto...

– Não estou pedindo sua mão em casamento. Só estou propondo uma conversa. Você me parece um homem inteligente, com histórias a contar. Estou aqui para ouvir. Transar é muito fácil hoje em dia. Conversar está cada vez mais difícil.

– Desculpa, acho que foi um erro...

– Fique à vontade.

Um misto de raiva e curiosidade me tomou de assalto, e minhas pernas ficaram tensas, como se fossem levantar sozinhas, mas não consegui tirar os olhos daquele semblante tão cheio de sentimentos: indignação, divertimento, nervosismo, chateação. Seu rosto foi uma incógnita para mim até o último momento em que estivemos juntos, não conseguia entender as mensagens que seus traços me enviavam. Mensagens cifradas de quem tinha o que esconder.

– Tudo bem, então. Vamos conversar.

*

Abri os olhos devagar e me espreguicei. Não fazia ideia da hora, nem estava preocupado, pois não precisava ir para a Uni. Minha mãe estava avisada de que não voltaria tão cedo e, em meio à preocupação dela, eu acabara contando que estava saindo com um homem mais velho. Tinha mostrado a foto da RedeMundi para ela antes de sair para o encontro, ela arregalou o olho, ficou em silêncio por alguns segundos e disse:

– Bonito. Mas sempre tome cuidado. Nunca se sabe...

Senti algo estranho naquele momento, mas não quis me estender. Talvez ela pesasse na minha, fizesse chantagem e me obrigasse a ficar em casa. Peguei minha mochila e saí.

No meio daquela espreguiçada gostosa naquela cama grande, olhei para o lado e não pude deixar de sorrir. Rafael estava abraçado a um travesseiro, com outro no meio das pernas e o rosto grudado no colchão, e ressonava de leve. Ver aquelas costas subindo e descendo devagar me deu um tesão imenso, e toquei a pele dele com vontade de acordá-lo. Mas, antes, fiquei admirando a textura lisa, a firmeza do corpo de Rafael. O contraste de sua pele escura com a minha, quase transparente de tão branca, era enlouquecedor: daria tudo para que fosse mais comum que duas pessoas como nós se relacionassem sentimentalmente. Algo que a sociedade ainda via com estranhamento, apesar de todos os esforços dos nossos antepassados. Regredimos, progredimos, regredimos, sempre em um grande ciclo de altos e baixos que impedem o mundo de ser um lugar melhor.

Agora, vivemos uma ditadura disfarçada. O Governo Mundial.

Quando pensei nas últimas duas palavras, os olhos de Rafael se abriram em um estalo, como se ele tivesse ouvido. Piscou uma, duas vezes, fechou a cara e resmungou. Achei lindo. Que coisa curiosa, até esse momento havia achado Rafael interessante, envolvente, inteligente, engraçado, mas não bonito. Naquele instante, ainda imerso no entorpecimento do sono, achei-o um homem lindo. Diferentemente de mim, ele continuou pelado depois que transamos. Sempre precisei me vestir de alguma forma depois da transa, ao menos uma cueca eu precisava colocar. Rafael permaneceu da mesma forma que saiu do banho depois de termos ficado quase a noite toda acordados. Bem acordados.

Pela manhã, esperei que ele despertasse, mas ele se aninhou ainda mais na trincheira de travesseiros e voltou a dormir. Voltei à minha admiração daquele homem até cochilar de novo. Quando acordei, uma, duas horas depois, Rafael estava em pé, vestido, mexendo na mochila.

– Bom dia, bonitão – disse ele, ainda de costas para mim.
– Hum, bom dia.
– Vai tomar café?
– Isso é um convite?
– É uma necessidade. Vamos?
– Sim, e depois?
– Depois tenho um compromisso.

Fiquei quieto e ergui uma sobrancelha. Ele deu uma piscadinha para mim, abrindo aquele sorriso que desarma qualquer um. Eu sorri, mas um sorriso amarelo, já prevendo que aquela transa seria a primeira e a última.

– Meu compromisso termina às 15 horas. Que vai fazer depois? – perguntou ele, enquanto eu ponderava o que fazer para riscar mais um homem da minha vida sofrendo o mínimo possível.

– Não sei ainda. Preciso ir para casa antes.
– Mas toma café comigo?

Me levantei para ir ao banheiro e respondi:
– Vou pensar no seu caso.

*

– Você desligou sua minitela?
– Por que isso agora, Rafael?
– É importante, João. Muito.
– Mas...
– Não tem mas. Se não desligar, tudo bem, converso com você depois.

Muito a contragosto, fiz como ele pedia e mostrei a ele a minitela desligada. Tínhamos permissão para deixá-la desligada por 30 minutos ao dia, visto que, se o aparelho descarregasse, precisaríamos buscar um carregador público vazio, o que podia se mostrar uma missão impossível. Depois desse tempo, a instrução que tínhamos do Governo era ir para casa e carregar nossa minitela, com o risco de sermos detidos para prestarmos esclarecimentos. Por isso ninguém gostava de desligar a mini sem motivo aparente.

Depois que o símbolo cinza do Governo Mundial desapareceu, ele respirou fundo e começou a falar:

— Vou ser breve, sem entrar em muitos detalhes, mas já estamos juntos há um tempo e preciso deixar muito claro para você quem sou e o que faço. A partir daí, você decide se vai ficar comigo ou não. Talvez você tenha dificuldade...

— Você me assusta desse jeito. É pelo fato de você ser negro?

Ele me encarou por alguns segundos. Balançou a cabeça devagar, meu estômago se apertando, como se aquele fosse o fim da relação. Como se minha pergunta tivesse atingido um ponto muito sensível para ele, ofendido de alguma forma, e os segundos viraram anos.

— Antes fosse esse o problema. Sei que as pessoas nos olham desconfiadas, até um pouco raivosas, quando estamos juntos, trocando carinhos. Mas eu não ligo. Minha avó passou por coisas piores, muito piores, na época dela. Tivemos um presidente na região que disse que os filhos não se relacionariam com uma artista negra porque tinham educação... Isso quase não acontece mais, o Governo Mundial é relativamente rígido com a questão da igualdade racial, mas há coisas que perduram no inconsciente coletivo, infelizmente. Mas esse não é o problema. É o que eu faço, não a cor da minha pele, o problema aqui.

— Mas você não é do Ministério do Lazer?

— Essa é minha ocupação oficial. Você já ouviu falar dos grupos contestadores?

— Subversivos?

— Chame como quiser. Você devia ter um pouco mais de pensamento crítico. Subversivo do ponto de vista de quem? De quem nos aprisiona, escraviza mentalmente com remédios, nos controla com aparelhinhos que parecem inofensivos?

— Nossa, Rafael, o que está acontecendo? Por que ficou tão nervoso?

— Não estou nervoso. Só gostaria que você enxergasse quem eu sou de verdade. Até para você poder decidir qual caminho tomar depois que souber.

— Fala logo, cara.

— Faço parte d'Os Sonhadores.

Engoli em seco. Os Sonhadores era um grupo subversivo — ou contestador, como Rafael pediu para chamar — que havia dado bastante trabalho para o Governo Mundial nos últimos tempos. Depois que todos precisamos começar a tomar o Réquiem (Repressor Químico de Ecmnésia Mensurada), que também chamávamos de "Pílula do Sono em Branco", esse grupo surgiu, reclamando o direito de sonhar. Muitos diziam que eram terroristas, outros, que não passavam de baderneiros querendo chamar atenção. Eu não via problema em tomar o Réquiem, já tomávamos tantos remédios, vitaminas e suplementos que o governo exigia desde pequenos... Era algo natural para mim. Talvez não para Rafael e para quem vinha antes deles.

— Tá, e o que isso tem a ver com a gente?

— Com você, nada. Só que, como estamos juntos...

— Eu posso me encrencar?

— Não, não. Como estamos juntos, podemos nos separar a qualquer momento. Nada vai acontecer com você, a célula da qual participo já está ciente da sua existência...

— Opa, espera aí! Eles sabem de mim e eu não sei deles? E o que acontece se... alguma coisa acontecer?

— O máximo que pode acontecer é...

— Rafael...

— Eu posso precisar desaparecer. Ou "ser desaparecido" pela Polícia do Governo Mundial.

A PolGOM. Causava arrepios em qualquer pessoa. Em geral, eram indigentes sem família ou ligações, treinados para obedecer às autoridades sem pestanejar, inclusive matando, se necessário. Dizem as más línguas que um chip é implantado no cérebro deles para que percam todas as emoções e virem cães fiéis ao GM. Receber essa notícia de Rafael daquele jeito, quase à queima-roupa, me causou um pânico tão grande e, ao mesmo tempo, um vazio tão imensurável que me calei.

– Queria que você soubesse por mim, que ninguém falasse por acaso. Você conhece algumas pessoas da minha célula, que não vou revelar por questão de segurança, e essas pessoas também não vão se revelar, pelo mesmo motivo. Entende por que sou tão carinhoso, quero tanto ficar ao seu lado, peço tanto carinho? Amanhã posso não estar aqui. E eu...

Fiquei olhando para ele. Não tinha o que falar.

– Eu estou apaixonado por você. E não quero te deixar de jeito nenhum.

– Então, largue essa célula.

– Não é tão simples.

– Você fala de ditadura, mas está preso à célula? Prisão por prisão...

– Não estou preso. Eu acredito na célula, sei do meu papel nela e como posso tentar derrubar esse governo...

– Rafael, eu conheço esse discurso, sei de tudo isso, mas jura que você acredita mesmo que vai derrubar um governo centralizado na mão de cinco Grandes Líderes com controle de praticamente todos os meios de comunicação e nenhuma piedade de quem desobedece às ordens deles? Não existe mais guerra, nem miséria extrema, nem doença sem cura. Ninguém fica sem trabalho, ninguém fica fora da escola ou da universidade, todos têm condições de avançar socialmente... tomar uns remédios que, de alguma forma, ajudam a controlar a ansiedade e outros sintomas...

— Apatia. É disso que você está falando — ele me interrompeu. — Sabe o quanto isso é terrível? Sentir o mínimo, não sonhar, não estabelecer contatos mais profundos com as pessoas, tudo por meio de remédios e controle social tecnológico? Você me chama de emocionado, mas conseguimos uma maneira de driblar a vigilância da PolGOM, então praticamente não tomo mais remédios e não sou detectado. Depois da confusão dos últimos tempos...

— Você participou daquelas ações terroristas com o tal Caveira...?

— Não. Na última hora, precisei cobrir um colega da célula. Mas estava escalado. E mais que isso você não precisa saber. O que queria mesmo era que você soubesse de tudo isso. E que tivesse um tempo para decidir o que fazer. Quero continuar com você, como eu disse. Estou apaixonado. Acho que podemos ter uma relação linda, enquanto ela durar. Mas não posso garantir...

Foi a vez dele engolir em seco. Os olhos pretos, em geral semicerrados, arregalaram-se. E marejaram. Os lábios tremeram. E seu semblante de menino deu lugar a uma carranca toda franzida que o envelheceu uns bons vinte anos. Parei de caminhar e dei um passo na direção dele. Dois passos. E o abracei.

— Vou pensar, prometo. Podemos nos encontrar amanhã?

Soltei o corpo dele. Ele fez que sim com a cabeça, mantendo-a abaixada em algum momento, deixando as lágrimas caírem direto no chão. Fiquei agoniado com aquela cena, mas quando tentei abraçá-lo de novo, ele se virou e se afastou, andando rápido. Antes de sair do alcance da sua voz, ele gritou:

— Você tem mais um minuto e meio de minitela desligada.

*

> **JOÃO**
> Tony?

> **TONY**
> Já estava preocupado com vc. A Nah tb

> **JOÃO**
> Desculpe. Dias intensos por aqui

> **TONY**
> E o Rafael?

> **JOÃO**
> Então, é sobre ele mesmo

> **TONY**
> Ixi. Manda

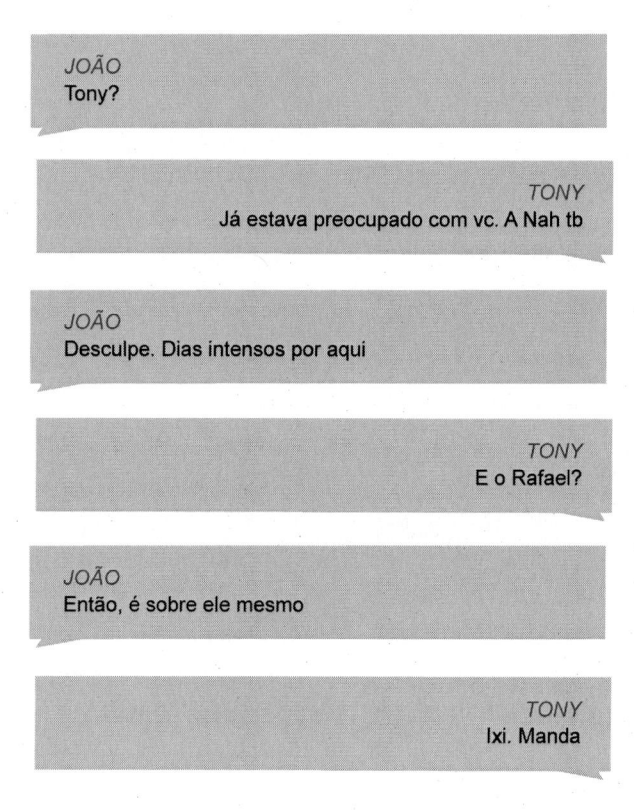

Para começar, contei que estava apaixonado, mas era diferente. Depois de tantos desacertos, parecia que tinha acertado. Um homem mais velho, com objetivos na vida, querendo um pouco mais de segurança. Ao mesmo tempo, um homem que não me dava segurança nenhuma. Expliquei também a situação de Rafael, que era um subversivo, um contestador, que aparentemente tinha um cargo importante em uma célula revolucionária d'Os Sonhadores. Todo mundo sabia quem eram eles, todos se lembravam das perturbações do tal Ivan, todos assistiram em suas minitelas à morte da suposta amante e integrante do grupo, cujo nome não foi revelado – enfim, não era segredo para ninguém que existiam. A única pergunta era: como existiam dentro de um sistema tão fechado quanto o do Governo Mundial? Mas não era esse o meu problema.

O problema era que o homem por quem eu estava apaixonado poderia desaparecer a qualquer momento. E o que parecia acerto virou desacerto de uma hora para outra.

> **TONY**
> E o q vc vai fazer agora?

> **JOÃO**
> Não sei ainda. Continuar?

> **TONY**
> E quebrar a cara?

> **JOÃO**
> E largar esse cara agora?

> **TONY**
> Aproveita enquanto é tempo

> **JOÃO**
> Parece q vc não me conhece...

> **TONY**
> É... eu no seu lugar faria o mesmo. Ficaria até o fim

> **JOÃO**
> O problema é a agonia de não saber quando. Nem se... pode ser q nada aconteça, pode ser que amanhã eu não o veja mais

> **TONY**
> *Carpe diem* q chama

> **JOÃO**
> Penso nos riscos também. Para minha mãe. Para meus amigos. Para mim

> **TONY**
> Aproveita e curte. Ao menos terá muita história para contar

*

— Vem.

Essa frase é a mais linda e a mais triste que já ouvi dos lábios de Rafael.

— Vem.

Estávamos, desta vez, na casa dele. Um apartamento relativamente confortável, em uma área sofisticada da nossa região. Seu cargo no Ministério trazia alguns privilégios, que ele aproveitava, dizia, como parte do disfarce. Já fazia alguns meses que estávamos juntos, mas aquela era a primeira vez que eu conhecia o lar de Rafael.

— Vem.

Ouvimos um pouco de música, tomamos vinho juntos, rimos bastante. Até que ele abriu aquele sorriso que não deixava dúvida de qual seria o destino. Pegou minha mão, entrelaçou os dedos nos meus e me puxou devagar pelo corredor que dava no quarto e no escritório. Disse que me mostraria outra parte do apartamento, e eu gargalhei, chamei de cara de pau. E o acompanhei com passos vacilantes, não sabia se pelo vinho ou pela expectativa. Ainda que já tivéssemos transado várias vezes, era a primeira vez que o ambiente não tinha a frieza de um hotel. A primeira vez que seria especial.

— Vem.

No quarto, ele deu alguns comandos de voz para regular a temperatura do ar-condicionado, o fechamento da janela e a diminuição da intensidade das luzes. Quase no escuro, com a temperatura um pouco mais fria e a janela quase totalmente fechada, ele se virou de costas para mim e começou a se despir.

– Fica à vontade – ele murmurou, quase tão baixo que eu poderia confundir as palavras com um suspiro. Tirei toda a roupa tão rápido que, quando ele olhou para trás, deu uma risadinha e continuou a tirar a dele, devagar, quase como se a intenção não fosse essa. Botões da camisa. Velcro da calça. Meia. Meia. Relógio. Cordão do pescoço. Cueca. O corpo bem formado, uma barriguinha incipiente, fruto do descuido e do tempo, os pelos no peito. O braço forte. Mais pelos. As formas e os volumes. Tudo o que fazia, cada movimento, cada gesto, era com muita calma. "Fico assim quando lembro do seu corpo", dizia ele, sempre. E eu ria. Como se não acreditasse, ainda que a prova cabal da afirmação me desse água na boca. Então, ele se deitou na cama, abriu de novo aquele sorriso e repetiu:

– Vem.

Subi na cama larga devagar, tentando sentir cada segundo daquele momento. Os joelhos afundando um pouco no colchão, o tecido macio e cheiroso da colcha verde, as mãos tateando na penumbra os pés de Rafael, a subida dos dedos roçando os pelos da panturrilha, meu corpo descendo devagar diante do dele, pedindo, antes de qualquer coisa, um abraço.

– Estou muito feliz com você, meu menino.

Essa frase foi minha. Ele riu primeiro, apertando os olhos, um pouco envergonhado. Ficando sério, disse:

– Não tenho nem como medir o quanto estou feliz também, meu lindo.

Nesse momento, passei as mãos pelos braços dele e deslizei os dedos até segurar seus pulsos. E beijei aquele homem, um beijo com um misto de raiva e desespero, daqueles que lambuzam, entre mordidas e linguadas, enquanto ele se contorcia embaixo de mim. Para controlar sua cintura, montei nele, pressionando as coxas em seus quadris, sentindo a rigidez roçar atrás de mim. E voltei a inclinar o peito para a frente e continuei o beijo interrompido, com mais desespero que raiva dessa vez, pensando: "Não me deixe, não desapareça, não vá embora".

Não queria pressa naquele momento. O cheiro de amêndoas que Rafael exalava me deixava num tesão enlouquecedor, e, na minha idade, ir para "os finalmentes" seria um alívio. Mas, de alguma forma, aprendi com ele que cada instante deveria ser saboreado com calma, sem afobação. Soltei os pulsos e mergulhei naquele corpo com fome. Em uma profusão de olhares e sorrisos, gemidos e palavras soltas e provocantes, fomos nos consumindo nos quatro cantos que era um mundo só nosso.

Encaixes óbvios e outros nem tão óbvios sempre faziam parte do nosso repertório. Rompemos as fronteiras da cama e nos atracamos pela casa, com o saldo negativo de um vaso quebrado e o positivo do suor escorrendo entre os corpos. Por mais tecnológicos que sejamos neste momento do mundo, o sexo sempre anula chips e botões, fazendo com que a gente encare realidades que passam despercebidas quando estamos bloqueados pelas luzes das minitelas. E essas realidades são deliciosas.

– Quer água?
– Uhum.
– Vou buscar.

Ele se levantou da cama devagar, como se estivesse combatendo a correria do dia a dia, zombando de toda a velocidade que o mundo exige da gente há tempos. Os passos vagarosos faziam sua bunda subir e descer em um balanço delicioso, as costas eretas e os músculos brincando naquele gingado, segundos breves que me deixaram animado de novo. Na volta, ele de frente. Na minha mente, as palavras "Case comigo" se formaram quase sem querer.

Ele me entregou a garrafa d'água, que deixei sobre a mesa de cabeceira antes de puxá-lo de novo para cima de mim.

*

– Vem.

A frase mais triste e mais linda que já ouvi dos lábios de Rafael.

Marcamos de nos encontrar no Parque Central 1, um dos poucos que haviam restado na cidade. Ele me escreveu, dizendo a hora e mandando a localização pela minitela – uma parte do parque afastada das vias principais e das atrações, dos museus e dos restaurantes que sempre estavam lotados. De longe, pela postura dele, vi que algo havia acontecido e apressei o passo.

– Vem.

Ele pegou minha mão e me puxou, dando algumas voltas que pareciam desnecessárias.

– O que está acontecendo, Rafael?

– Só vem, não faça perguntas agora.

– Mas é que...

– João, confie em mim. Logo, logo eu te explico.

Saímos do parque, atravessamos a grande avenida e o Marco da Libertação, um ponto onde antes ficava uma estátua que exaltava a escravidão de séculos atrás. Engraçado que o Marco da Libertação tinha em sua base outro tipo de escravidão. Começamos a subir outra avenida, quando um carro se aproximou. Rafael não deu importância e virou uma esquina, o carro ainda no nosso encalço. Atravessamos a rua, entramos em uma viela, e duas motos apareceram e nos cercaram.

– Suba naquela moto. Não olhe para trás.

Quis argumentar, mas a motociclista me puxou com tudo e saiu em disparada. Agarrei a cintura dela com força, morrendo de medo de cair daquele negócio, e ela, a toda velocidade, mostrou que era extremamente habilidosa. Olhei duas vezes para o lado e vi que a outra moto, com Rafael, nos seguia de perto, mas com espaço suficiente para desviar o caminho se necessário.

E o carro vinha desembestado atrás dos quatro.

O motorista também parecia ser muito habilidoso, mas o trânsito nos favoreceu. Avançamos por mais algum tempo, desviando de hiperônibus e carros, raspando retrovisores. O desespero tomava conta de mim a cada acelerada da motociclista, que eu apertava com mais e mais força. Ela, por sua vez, abria levemente os braços para aliviar a pressão que eu fazia. Após passarmos um grande elevado, viramos em tantas ruas que perdi o rumo para onde estávamos indo. Conseguimos despistá-lo, como outros que, aparentemente, também estavam atrás da gente. Em um momento, nos separamos, e a mulher me levou até uma garagem subterrânea e disse, assim que descemos da moto:

– Preciso vendar você. Serão apenas alguns minutos, tudo bem?

– Não está tudo bem.

– Rafael pediu para que eu fizesse isso para sua segurança.

Cedi. Andamos uns minutos até a venda ser retirada. A primeira pessoa que vi foi Rafael. Pulei nos braços dele, dando pequenos socos no seu peito e caindo em um choro convulsivo.

– Calma, meu amor, agora estamos em segurança – disse ele.

– Você vai desaparecer, estou sentindo...

– Não vou, o pior já passou, meu lindo.

– Como eu vou saber... que lugar é este?

– Não se preocupe. Você não saberá onde está, e ninguém saberá que esteve aqui.

Ele me apresentou algumas pessoas. Pessoas normais, com quem a gente cruza na rua todos os dias, nada do imaginário criado pelo Governo Mundial sobre os contestadores.

Havia uma senhorinha que lixava a unha e conversava com dois rapazes, gêmeos, muito bonitos e risonhos. Uma mulher carrancuda me trouxe um copo d'água e uns docinhos de gosto muito diferente de tudo que eu já havia provado. A motociclista tinha cabelos curtos, a única que talvez se aproximasse da imagem errada: tinha tatuagens, muitos brincos e piercings, maquiagem pesada no rosto. O lugar não parecia ser uma casa, nem um apartamento, mas um túnel muito largo com várias divisórias e portas. E livros nas paredes. Muitos livros.

– Vamos ter que dormir aqui. Invadi sua minitela na minha e mandei uma mensagem para a sua mãe de que você ficaria comigo esta noite. Desculpe por fazer isso, mas foi necessário – revelou Rafael.

– O quê?

– Sim, me perdoe, mas às vezes temos que fazer coisas que não queremos. E fique tranquilo, não mexi nas suas intimidades.

Ele me disse isso rindo. Tive vontade de ir embora, mas essa não era uma opção. Minha existência já estava comprometida demais, e eu não havia entrado na relação desavisado. Fiquei um pouco desconfortável, mas logo entendi o que ele chamava de necessário.

Conheci toda a célula e seus integrantes. Jantamos ali, e nos deram um quarto bastante confortável para dormir. Sem sono, fucei em alguns livros, muitos deles proibidos pelo Governo, e outros dos quais eu sequer tinha ouvido falar. Formavam uma bela biblioteca, como já não se via em lugar nenhum, apenas em documentários de antigamente. As minitelas tinham tomado o lugar dos livros muito tempo antes, e dizem que todos já tiveram acesso a praticamente tudo por elas, mas que essa liberdade foi sendo retirada aos poucos, dando lugar a programações, filmes e documentários inofensivos e divertidos para distrair as mentes incomodadas.

– Tome seu Réquiem antes de dormir – disse Rafael. – Ninguém pode saber que você não tomou, do contrário, vão te rastrear. E ele ajuda a ter sono.
– Tudo bem. Mas, e você?
– Eu não preciso mais dele.
– Como vocês fizeram? Me ensina? Posso ser útil para a célula.
– Nem pense nisso. Tome seu remédio.

Talvez eu devesse ter insistido na minha ideia, mas, naquele momento, fiquei com medo demais para desafiar o sistema.

Quem sabe...

*

Vi Rafael pela última vez alguns meses depois.

Estávamos havia quase um ano juntos. Sem mais percalços além daquela minha visita compulsória à célula, continuamos nos encontrando normalmente, já nos chamávamos de namorados e pouco tocávamos no assunto do grupo contestador. Negávamos uma realidade que a qualquer momento poderia nos abater, nos atingir em cheio, pois o que vivíamos era muito especial. Ele me dizia que nunca tivera uma relação tão intensa e, ao mesmo tempo, séria. Eu dizia sempre que ele havia me machucado demais no passado, mas que me fazia bem, ainda que nosso futuro fosse uma incógnita.

Já dormia na casa dele algumas vezes por semana, tínhamos uma vida social divertida, e em alguns encontros com amigos dele reconheci quem eram os "Sonhadores". Às vezes, ele sumia e os noticiários bradavam: "Ações terroristas dos famigerados Sonhadores". Nesses momentos, as instruções eram claras: não ligar para ele, não o procurar na RedeMundi e aguardar o contato. Aqueles dias acabavam comigo.

Estávamos em um restaurante, terminando um jantar, quando um homem se aproximou da mesa:
– Senhor Rafael? Sou o delegado Anacleto. O senhor poderia me acompanhar?
– Se o senhor tiver um mandado, o acompanho com o maior prazer.

Fiquei mais pálido que de costume. Num rompante, comecei a falar:
– O que o senhor quer com ele? Não fizemos nada.

O tal delegado me encarou por um longo momento, abriu um sorriso assustador, e seus olhos faiscaram:
– Seu filho? – perguntou, ainda olhando Rafael.
– Meu namorado.
– Hum. Vocês... bem, agora é assim, não é? O senhor vai vir comigo ou não?
– Como eu já disse, não me levanto daqui sem mandado, as câmeras estão registrando tudo. Há testemunhas aqui e, como disse meu namorado, não fizemos nada.
– Recebi uma denúncia anônima de que havia um Sonhador neste restaurante, e tudo me leva a crer que é o senhor. Por isso preciso averiguar.
– O senhor está surdo? – perguntei, no meu ímpeto de jovem, e depois...

O soco.

O impacto me derrubou da cadeira, a dor imensa subiu pelo meu rosto em um formigamento.

Quando abri os olhos, Rafael estava em cima do delegado, sem economizar pancadas distribuídas pelo rosto e pelo peito do homem. Quando ergui a cabeça, vi que o oficial ria enquanto apanhava, como se a dor lhe fizesse bem. Em minutos, quatro homens da PolGOM entraram e arrastaram Rafael do restaurante. Ele gritava:
– Meu amor, não se preocupe. Vou resolver isso e volto. Não se preocupe.

Corri para acompanhá-lo, mas um policial me segurou até que enfiassem Rafael dentro do carro. Antes de ele me soltar, ouvi:

– Vá pra casa, viadinho. Esqueça seu namorado.

Revoltado, desesperado, sem orientação, liguei para Tony, que atendeu assustado, pois nunca ninguém usava a função de telefone da minitela, a não ser em casos urgentíssimos.

– Levaram o Rafael – comecei a falar, já chorando.

– Como assim? Onde você está?

– Numa CantinaMundi perto do Marco.

– Vou praí agora mesmo.

– Não precisa – eu disse, fungando. – Nem sei para onde levaram o Rafa. Só me resta esperar. Ele me prometeu que voltaria logo. Eu confio nele.

– Vai pra casa, então. Me liga quando chegar.

Um dia. Uma semana. Um mês. E nada de Rafael.

*

Quando conheci Rafael, ele já era de segunda mão. Eu, 22, ele, 37. Estou com 32 agora, e ainda me lembro do gosto daquele homem. Meu primeiro homem de verdade. Meu erro talvez tenha sido continuar uma relação com data para terminar, ainda que não estivesse marcada. O dele talvez tenha sido deixar que eu mergulhasse tanto em sua vida. Procurei-o em várias delegacias depois de um mês, pedi informações, busquei no Ministério do Lazer, e nada. Ninguém sabia me dizer onde ele estava. Quando fui até seu apartamento, o porteiro eletrônico informou que não havia nenhum morador com aquele nome. A RedeMundi de Rafael foi apagada sem deixar vestígios. Para o mundo, ele não existia mais.

Os amigos dele também desapareceram, não consegui encontrar mais ninguém. Os que eram Sonhadores só se apresentavam com o primeiro nome, e nenhum aceitou meu contato na RedeMundi. Por uma questão de discrição, não pedi que me adicionassem. Mais um erro.

Meu único conforto são os livros. Há duas semanas, recebi dois. A *insustentável leveza do ser* e A *história do riso e do esquecimento*, de um autor antigo chamado Milan Kundera. Sem remetente, apenas um pacotinho de papel pardo envolto em um cordão dourado. No primeiro, havia uma dedicatória impressa em uma etiqueta colada na capa.

Duas taças de vinho. Seu corpo na cama. Assim será.

Quando li, só consegui dizer, baixinho:
– Vou te buscar, meu menino. Vou te buscar.

TUDO O QUE TRANSPORTA O AR

PÉTALA E ISA SOUZA

> A todo corpo em diáspora que sente o cons-
> tante questionamento das ausências e busca
> estabelecer caminhos de encontro no fluxo
> dos tempos até o retorno a sua origem.

I. Quando chegamos não havia nós
Travessia do regresso, registro 1888

PARECÍAMOS ENCARAR um planeta desconhecido. Quando traçamos o caminho, sabíamos que não seria como se fôssemos nos deslocar entre oceanos. As correntezas nas estrelas são mais impetuosas que nas águas. Mas tínhamos a Griô, e confiávamos em sua capacidade de nos manter na rota estabelecida mais do que temíamos as profundezas do desconhecido. Estávamos de volta – isso era tudo o que queríamos sentir enquanto a nave observava o planeta que aparentava dormir. Por toda a viagem, abraçamos a incerteza do reencontro com um propósito que só os que regressam sabem sentir, mas a distância agora era muito maior do que esperávamos. Éramos pressionados pelo peso da redenção do retorno.

Nos primeiros momentos do desencontro, fomos uma coisa só, à deriva. Nos perguntamos onde estariam os pequenos pontos de luz das cidades de Terrasul, e meu primeiro pensamento foi de que estava sendo engolida pela ruptura que temi por toda a vida. Por alguns segundos, eu fui arrebatada pela certeza de um pressentimento antigo, a sensação de que nunca tivemos a real dimensão da fenda aberta entre nós e o que deixamos para trás assumiu novas formas com rapidez suficiente para me deixar zonza.

    O que estava diante de nós não poderá ser contado como uma simples constatação das minhas inseguranças. Era mais do que isso... Mais do que, mesmo alguém como eu, que tenta fazer caber momentos em palavras, é capaz de explicar.

    Em certo ponto, algo havia embaralhado a trama da realidade. Aquilo não era real – quer dizer, não era a realidade com a qual deveríamos nos encontrar.

    Das janelas do módulo da nave Blombos, enquanto descíamos, as imagens do planeta começavam a ganhar sentido. Tentávamos assimilar, com os próprios olhos, a estranheza do lugar que nossos computadores investigavam. O que eu senti era mais intenso do que os dados que não paravam de se atualizar nas telas da nave.

    A terra era aquela, mas ao mesmo tempo estava longe de ser.

    Quando o módulo se fixou ao chão, não exerceu nenhuma pressão que pudesse denunciar a nossa chegada. Ao longe, ouvimos um bater ritmado de águas em correnteza. Minha ansiedade se alinhava à mesma vibração em ondas, assumindo o ritmo das batidas como se eu tentasse me ajustar ao inajustável. Pensei em como a Griô vai reproduzir esse ritmo quando eu transferir essas palavras a ela. Outros pensamentos me disputavam. Havia muitos fatos sem qualquer ligação – e os fatos, independentemente da ordenança do tempo, só carregam sentido quando juntos. Meu trabalho é narrá-los a partir do que sinto, mas neste momento eu não era capaz de descrever os sentidos do que via.

    No caminho para casa, nos perdemos. Qualquer um que tente entender como chegamos aqui, precisaria, antes de tudo, compreender quem somos.

II. A história será contada por nós enquanto a construímos
Travessia do regresso, registro 952

Mesmo que todos já tivéssemos ouvido a história em algum momento ou outro – dos nossos avós, dos nossos pais e, mais tarde, de professores que nos ensinaram a sabedoria da nossa mais valiosa ciência, a Historiologia –, ouvi-la novamente era como assistir a um encantamento do tempo. Enquanto me preparava para o sarau, eu buscava a conexão com a origem em mim e, em meu espírito, o tom oratório para a leitura que tornaria oficial um de meus escritos. Conseguia sentir a expectativa dos outros narradores em direção à roda de escuta em torno da Griô.

A Griô, como organismo sintético vivo, correspondia parcialmente ao sentimento do grupo. Digo "parcialmente" porque, mesmo que sua vibração já tivesse tomado toda a sala em um ritmo cerimonial, eu sabia que sua presença intensa e crescente também habitava um tempo próprio. Era a mantenedora de histórias e sabedorias do nosso povo através das gerações e de fronteiras geográficas, muito antes da relação que os quatro narradores da sala haviam construído entre si, e anterior a nossa vida no planeta Ga.

Não consigo me lembrar do primeiro sarau que assisti, tinha apenas 4 anos, mas me ressinto disso. Minha mãe me contou que foi um sarau com a Mestra Uidá, que na época ainda era apenas uma Narradora Escriba. Gostaria de acessar essa memória...

A luz de algum corpo celeste iluminou o lugar. Era uma das melhores coisas da sala do sarau, uma olhada pra cima e ela nos dava uma visão do espaço. Do centro da ala dos narradores, espaço sagrado do sarau, era onde conseguíamos sentir mais forte a vibração da Griô. A biointeligência artificial que guarda todo fluxo de nossas narrativas se preparava para ser alimentada pela história que eu tinha pra contar. Na verdade, ela é alimentada por ondas sonoras, então a vibração que eu sentia não é só uma descrição poética, mas, como em tudo que nós narradores fazemos, há poesia também. O que eu escrevo é energia de vida. Sabia que em algum momento a Griô usaria essa energia pra guiar meu povo.

Era o que ela fazia naquele momento. Nos guiava pela rota que traçara pelo espaço, seguindo as ondas gravitacionais que nos ligariam às histórias de nossos ancestrais em Terrasul. O espaço vibra como um tambor, e a Griô tem o hábito de ouvi-lo.

Estar perto da Griô facilitava a visão dos símbolos em alto relevo que cobrem sua superfície marrom, marcas que se parecem tanto com as que carrego no meu próprio corpo e que são parte da composição que a torna sagrada. Sua forma esférica capta as frequências e vibrações produzidas no momento em que as narrativas são contadas, seja por nós ou pelo espaço. Nossa história vibra com a Griô, por ela e através dela. Eternamente. Pra cada um segundo sua linguagem e forma de comunicação.

Cada símbolo gravado na Griô é a marca de uma geração. O da minha, o padà, ainda estava sendo gravado. Quando contamos nossas vidas, marcamos nossos lugares na história. Somos a geração do regresso, nossa caminhada apenas começou a ser gravada, e há muito da história dos Irawó que precisa ser revisitada pra nos mantermos conectados. Pensei nas palavras da mestra griô Uidá pra mim:

– Nossas narrativas são circulares como o próprio tempo – lembrei como se a ouvisse de novo. – Elas se movimentam por conexões que não são sustentadas em linearidade.

– Ela sempre diz isso de uma forma solene, como se nossa sobrevivência dependesse da compreensão de todos os sentidos dessas duas frases. – Sumbe, o Narrador Instrumentista ao meu lado, sorriu ao dizer isso, me fazendo perceber que eu havia pensado em voz alta.

– Talvez ela fale assim porque ainda não conseguimos acessar todos os sentidos de nossa história que ela compreende.

– Meu comentário saiu com mais seriedade do que ele esperava.

– Acho que nunca vamos acessar todos esses sentidos, Ya. Pelo menos não do mesmo jeito, sabe como é. A cada dia nesta nave, distante de tudo, eu tenho mais medo de que as coisas que nos ligam aos Irawó de Terrasul se rompam. Parece que se fragilizam mais enquanto nos distanciamos de todos que conhecemos, das gerações que se esforçaram para manter conexões ancestrais.

É irônico que, ao mesmo tempo que dizia temer a perda de conexões, ele insistisse em me chamar por uma abreviação do meu nome que insere uma lacuna de significado na minha história.

– Entendo o que você quer dizer, Sumbe – respondi. – Como não entenderia? Seu medo não é só seu, nem é algo que surgiu nessa viagem. Trouxemos pra nave uma bagagem que juntamos durante os noventa anos do povo Irawó vivendo em Gaada, no planeta Ga. Como nós, toda pessoa negra em Gaada em algum momento vai ter ou já teve que pensar nisso.

Mantivemos um silêncio compartilhado por alguns segundos antes de ele se virar para mim e concordar com um aceno. Podíamos levar horas nessa conversa, mas sabíamos que aquele não era o momento disso.

– Tô indo para o meu canto – disse ele voltando a sorrir. Sumbe sempre foi uma pessoa de sorriso-ponte. – A mestra griô vai entrar a qualquer momento. Não vou mais interromper sua escrita. – Ele esticou os olhos curiosos para o diário, que desviei do seu campo de visão. – Mas já que te interrompi, pode escrever aí "meu malungo Sumbe tem os sorrisos mais encantadores de toda a tripulação"? Quero deixar minha marca nesta viagem – essa piada boba também me fez sorrir.

O Sumbe é assim. Compartilhávamos as mesmas crises geracionais e nos entendíamos muito bem – e, pelos mesmos motivos, ele me lembrava como era alto o preço da migração dos Irawó para Ga; como os impostos culturais cobrados dos imigrantes podiam ser imperceptíveis nos primeiros momentos pra quem estava apenas querendo ser aceito, mas, depois de anos, se tornavam algo irrecuperável. Por mais que o Sumbe insistisse em me lembrar que esses custos culturais não poderiam ser completamente reparados, eu não poderia me chatear com ele por isso. A dor que sentia não era por ele me recordar disso, o problema era meu medo de que ele estivesse certo.

E, para registro oficial da viagem, meu malungo Sumbe tem os sorrisos mais encantadores de toda a tripulação.

Olhei pra ele já a postos na roda e deixei meus olhos correrem pelos outros enquanto ocupam seus lugares. Todos os nossos trabalhos eram, de alguma forma, interligados. Narradores são os responsáveis por guardar a história de seu próprio povo na história humana de Terrasul. Na Blombos, cada um tinha uma energia única com que alimentava a Griô: os relatos de Narradores Escribas, a música de Narradores Cantores, as lendas de Narradores Contadores e o trabalho de Narradores Instrumentalistas para reger as tecnologias necessárias pra cada tipo de história transmitida à Griô.

– Irawó bukun irin ajo mi. – A voz de Uidá me tirou da atmosfera de introspecção e, em uma reação espelhada, me endireitei como todos os demais.

– Dara rin! – respondemos, em coro.

A Mestra Uidá tinha em si uma série de coisas que lhe conferiam imponência, sendo a mais velha entre os narradores, a guia do nosso ritual mais sagrado e a esposa da capitã da nave. Acabava que o respeito que tínhamos por uma se ligava ao respeito pela outra. Uidá também era uma Narradora Escriba que escrevia entre tempos; como não se fixa em nenhum, alcança todos. Espero conseguir fazer o mesmo nos meus textos.

– Estamos prontos para a escuta, Yagazie – ela me disse com uma voz calma. Respirei fundo e tentei imitá-la na resposta, porque ela me tranquiliza.

– Também estou pronta – eu disse antes de abrir no diário o texto que tinha escolhido, e então começamos o sarau. – Escritos do diário da travessia do regresso por Yagazie Padà Irawó. Ano 97 da migração Irawó para Ga, registro 02 da travessia do regresso a bordo da Blombos. Submeto esta narrativa ao marco no calendário terrasulano pela Griô.

Enquanto eu falava, Sumbe fazia os ajustes da minha frequência sonora com a Griô. Logo ela se ajustaria ao compasso da minha voz – toda história tem um ritmo. Só continuei depois que Sumbe acenou pra mim:

"Meu nome, Yagazie, fala de mim mesma, de quem sou e pra onde estou indo. É como se uma pequena profecia fosse lançada toda vez que ele é dito corretamente. Yá-gá-zie. Entende? Sou da terceira geração dos Irawó terrasulanos nascida em Gaada, no planeta Ga. Entender que lar temporário também pode ser lar exigiu boa parte dos meus 27 anos.

"Minha primeira e maior relação com Terrasul, meu planeta mãe, foi meu nome inicialmente difícil de ser entendido pelo povo de Gaada. Tão difícil quanto boa parte do que despencou do céu com os terrasulanos.

"Meus bisavós, imigrantes terrasulanos, deram nomes híbridos aos meus avós. Tenho dois fatos em favor deles: o primeiro é que são fruto daquela geração e essas coisas são assim. O segundo é que me presentearam com algo além do que, naquela época, poderiam compreender. Meu nome. Ao exigir o uso pleno da nossa língua-mãe, ele se tornou algo entre uma evocação, uma oração e uma profecia. Yagazie, 'tudo seguirá bem com você'.

"É assim que meu nome não permite que eu me conecte completamente com alguém que não saiba pronunciá-lo. Então, antes de tentar entender qualquer outra coisa que eu possa te contar, entenda o meu nome.
"Yagazie."

III. No caminho para casa, nos perguntamos o que é casa
Travessia do regresso, registro 952

Desviei os olhos do texto e procurei o olhar da Mestra Uidá. Em resposta, ela acenou com a cabeça, me dizendo para continuar.
– Nosso povo, os Irawó, vieram de Terrasul, é como se chama o que fomos ensinados a chamar de nosso planeta.
"Por milhares de anos, Terrasul foi um planeta habitado apenas no Hemisfério Sul. Começou depois que o supercontinente Pangeia se quebrou. Depois que tudo se fragmentou, iniciando a separação no sentido sul-norte, foram eras de terra se partindo e de águas se agitando entre Gonduana e Laurásia. Os seres gonduaneses ficaram bem, estavam no sul, onde a energia viva fluía e formava uma variedade infinita de outras vidas. Em Gonduana, a vida gerava vida em movimentos cíclicos, que seguiam concebendo, nascendo, madurando, morrendo pra gerar novos princípios de vida.
"Na metade norte do planeta, o que prosperava eram espécies de vida que se alimentavam de morte em um único sentido de existência: a sobrevivência. Na fúria do deslocamento forçado, o solo laurasiano se tornou favorável a uma flora que transformou o hemisfério norte do planeta. Por eras o planeta rangeu e rachou, com novos limites se formando, mas

uma imensidão ao norte seguiu a contínua seleção daquilo que poderia ou não germinar em suas terras.

"Enquanto isso, no sul, das matérias que se moviam em diferentes porções de energias descendentes das estrelas, deu-se o encontro da energia nas águas e nos solos pelo sopro vibracional transportado pelo ar. Uma longa dança da natureza até que surgisse a primeira vida humana.

"O planeta foi chamado Terrasul em respeito ao solo que primeiro acolheu nossas existências. Os povos se tornaram muitos, variações de corpos marrons que se diversificaram como a própria terra viva, cada um tecendo seu modo de vida, criando, transformando, aprendendo, compartilhando, guerreando, negociando, construindo, se espalhando e recuando.

"Quando chegou a hora da reconciliação com a parte ao norte do planeta, foi uma surpresa pra poucos as primeiras equipes de pesquisadores encontrarem mais vida do que as sondas haviam conseguido catalogar.

"A capacidade de gerar novas tecnologias fez com que cidades crescessem em torno das bases vindas de todas as direções do sul, até mesmo a antiga vegetação laurasiana foi assimilada no crescimento das cidades ao norte. O maior desafio era que não se estabelecesse um sul dominante, com o controle sobre formas de produção e tecnologia. Mas as relações entre as nações do sul haviam sido definidas pela cooperação mútua. E, por mais conflitos que os avanços tecnológicos e as diferenças entre territórios gerassem, os povos dessa sabedoria também tinham organização e forças de defesa suficientes para exercer maior influência no curso da história. Entre os mais antigos desses povos, havia um nascido na região das Caverna Blombos, em Áfrika. Nós, Irawó, somos esse povo.

"Os Irawó são movidos pela natureza da matéria criadora. Quando grande parte das nações do sul olhava para as possibilidades ao norte, os Irawó se concentravam nas estrelas. Somos filhos das estrelas, e é por isso que nossos espíritos projetam nossos olhos para o céu. Aprendemos que os Irawó foram os primeiros a decifrar o chamado da amplidão do Universo, de outras estrelas em seu próprio lugar no tecido do espaço-tempo.

"Faz tempo que parte da nossa família, um antigo clã dos Irawó, saiu de Áfrika e cruzou o oceano orientado pelas estrelas, até um ponto estratégico para o início da longa jornada que estavam dispostos a seguir pra fora da órbita de Terrasul. Atravessaram o mar e criaram o Centro Espacial de Mamuna, em Pindorama. Aprenderam com os povos daquela terra como se relacionar com ela, e por anos os Irawó foram nutridos pelas suas histórias e a nutriram da mesma forma. Amavam Mamuna porque ali se manifestava uma forte energia comunicativa com as estrelas. Foi lá que meus bisavós e toda geração da primeira migração extrassolar terrasulana nasceram. Foi de Mamona, em Terrasul, que os Irawó partiram há 97 anos, e para lá traçamos nosso retorno. Nossa família nos espera em casa.

"O aqui e o agora não é tudo a que chamamos casa."

*

Ainda podia sentir as vibrações da Griô durante o sarau, como se uma montanha cantasse diante de mim.

Os batuques tinham a composição básica do ritmo, som e silêncio, padrões sonoros repetidos ao longo da cerimônia em uma melodia compassada à linguagem do narrador. É assim que nossa oralidade narrativa não se restringe à fala; o som é um sentido diferente em cada corpo. Desta vez, havia sido eu mesma a origem do ritmo – seja qual for o compasso da narrativa, é sempre único. Aprendi a compreender o som como energia ancestral; algumas horas depois, ainda estava cheia e transbordando. Quando transbordo, eu escrevo. É quando minhas narrativas alimentam a Griô que ela me alimenta de volta com a energia de todas as histórias anteriores à minha.

Quando o sarau do dia acabou, passamos um tempo de orientação com a Mestra Uidá. Não acontece sempre. Ela tem sua própria carga de responsabilidades nos registros da viagem acompanhando as tomadas de decisões durante a travessia, mas tivemos esse tempo a mais com ela, o que significava um dia sem grandes acontecimentos na ponte de comando. Ela disse gostar particularmente do meu último texto, porque ele conseguiu despertar reflexões sobre o que ela chamou de "atravessamentos da língua-mãe".

Desde que haviam se estabelecido em Gaada, os Irawó tentavam assimilar os modos de vida gaadasianos. Essa necessidade, para alguns, era atrelada ao encantamento pelo desconhecido, algo com o que consigo me identificar pela minha própria ânsia em descobrir coisas que ainda não conheço em meu próprio povo. Sinto que, enquanto não os conheço, também sou uma desconhecida entre eles. Por isso, sei que a tentativa de se ajustar à cultura de Gaada nunca foi uma questão de desprezo pela própria cultura como julgam alguns. Se fosse isso, eu mesma não seria eu. "A Yagazie é porque os Irawó são." Sinto saudade desse coro de meus pais. Eles, assim como a maior parte dos Irawó gaadasianos, sabem qual nome usar primeiro para definir quem são.

As diferenças no modo de vida que criavam a necessidade do esforço na aproximação com o povo de Gaada eram também o que nos fazia perceber que deveríamos manter um limite seguro de distanciamento. Os Irawó também tinham dificuldade para compreender alguns aspectos da sociedade gaadasiana. As dinâmicas de socialização, assim como na maioria das sociedades do planeta Ga, não são sexocêntricas, e isso desafiava os Irawó na compreensão das regras de interação social, das expressões afetivas e até do conceito de felicidade. Chega a ser cômico dizer que tiveram mais dificuldade em entender a noção de sexualidade gaadasiana do que conviver com as estruturas rigidamente hierárquicas. Talvez por estas serem mais próximas do que o que haviam encontrado em algumas nações de Terrasul? Pessoalmente, em minha assexualidade, a falta de expectativas sobre sexo e relações românticas das pessoas em Gaada me deixava confortável e... livre. Uma forma específica de liberdade que dificilmente encontro com os Irawó, nem mesmo na Blombos. Vou sentir muita falta disso.

Escrever sobre essas questões me revela as formas como me situo entre essas duas culturas. Às vezes, escrever também me fragmenta. Como se pudesse perceber essa fragmentação em meu texto, a Mestra Uidá abriu a conversa ligando minha leitura no sarau a uma questão delicada desde os preparativos para a viagem.

– Há uma imensidão de significados guardados na língua de cada povo. Um nome é capaz de ativar tal imensidão. Yagazie, Sumbe, Namibe, Quelimane – ela foi apontando para cada um de nós – e o meu próprio nome, Uidá, foram decisivos para que assumíssemos nossos lugares nesta tripulação, como todos sabem.

Sumbe dificilmente recusa uma oportunidade de debater esse assunto, então não me surpreendi quando ele foi o primeiro a responder:

– Tá legal, sei bem que querem simplificar a complexidade do nosso retorno, mas considerando que até em Terrasul há muitos Irawó com nomes oriundos de outros povos, ainda me pergunto se isso não é muito mais um recurso desesperado pra que sejamos reconhecidos pelo nosso próprio povo, em vez de algo que de fato nos traria algum conflito de aproximação. – Percebi que, dessa vez, ele não sorriu ao se colocar no centro da conversa. Sumbe foi uma das pessoas que precisou abandonar o antigo nome para entrar para a tripulação.

Namibe, sentada ao meu lado, parecia pensar o mesmo que eu, porque me olhou de canto. Ela diz que chegará a escrever uma de suas lendas com conversas só por troca de olhares. Eu não duvido que consiga.

Deixamos que Uidá o respondesse.
– Onde você mora, Sumbe? Melhor: onde vocês moram? – Uidá lança a pergunta e se aconchega no assento.
Deixei de prestar atenção ao restante e me concentrei em encontrar em mim uma resposta.
– Meu território é movimento – foi Quelimane quem manifestou primeiro um sentido pra pergunta. – O território em que me localizei por toda a vida antes dessa viagem foi um não-lugar que sempre esteve ali pra ver e sentir, em toda esquina. Minha moradia precisou se projetar pra fora disso. E aqui fora, malunga, não quero mais um endereço estático para este corpo em movimento – a última parte foi dita com um toque no peito, quase coreografado.
Nunca conheci alguém que não gostasse de Quelimane instantaneamente. Ele é *rapper*, carrega a música em si, e é como disse uma das nossas mais populares narradoras, Noémia, da geração Mafalala: "Tirem-nos tudo, mas deixem-nos a Música!".
– Concordo com a parte de sermos territórios dançantes. – Sumbe completou, já abrindo um sorriso.
– Territórios em movimento, foi o que eu disse, malungo – disse Quelimane, sorrindo em resposta.
– A gente mora em dois lados, na ruptura e na cristalização. Como é que sobrevivemos? – perguntou Namibe, nos olhando daquele jeito que faz quando nos chama para entrar em sua atmosfera. – Nadamos em um grande oceano. Chegou um momento em que nossas braçadas cansaram, nos afogamos e engolimos muitas águas estrangeiras. Só que, dentro de nós, há uma energia ancestral, irreverente e materna que nos puxa pra superfície de nós mesmos. Nesse resgate, cuspimos aquilo que foi engolido, mas de maneira transformada – ela concluiu e desligou seu olhar de nós. Foi como soubemos que ela tinha terminado, mesmo que ainda estivéssemos esperando uma conclusão.

– Temos sido nós mesmos nossa morada há tempos, nós e os nossos. – Eu tinha que dizer algo. – Temos todos um endereço em Gaada, minha família ainda reside lá, mas o lugar onde dormia todo fim do dia era dentro de mim. Habitava ao lado dos meus pais, era vizinha de meus tios, meu corpo e morada foram construídos assim, por todos eles.
– "Proteger seu corpo é proteger sua história." É o que digo, Yagazie, e se há um só lugar pra se morar, que esse lugar seja "nosso corpo feito de histórias" – acrescentou Quelimane, empolgado por citar versos de suas músicas em uma conversa.
– Tudo que nos distingue do outro, ao mesmo tempo que nos faz território, nos torna fronteiras. Não espero que me venham com uma resposta definitiva para a pergunta que fiz. Enquanto essa pergunta se mover entre nós, estaremos quebrando as possibilidades de solidificação de qualquer imposição no espaço que chamamos de casa. Seja ele movimento, corpo, território, acúmulo ou história. – Uidá piscou pra nós e se levantou.
Antes de sair da sala, nos deixando livres para os demais trabalhos do dia, ela se dirigiu a nós mais uma vez:
– Se querem saber onde eu moro: moro no espaço onde meu eu encontra a frequência capaz de sintonizar meu nós.

IV. Estamos dispersos em um espaço de infinitas frequências
Travessia do regresso, registro 965

Quando tenho tempo livre na Blombos, mergulho na imensidão de possibilidades que a biblioteca da nave nos dá, então escolhi pôr em dia a leitura dos últimos textos da Mestra Uidá. Ela é quem acompanha nossa capitã, registrando os acontecimentos e as decisões que orientam nossos dias. Às vezes me sinto uma viajante entre os viajantes, caminhando pela nave para encontrar palavras em gestos, conversas e testemunhar eventos mínimos. Nesse momento da viagem, há registros suficientes para descrever como fomos nos acostumando a viver orientados pela espera. Somos uma tripulação pequena que se movimenta sincronicamente no cuidado da travessia.

Estamos cada vez mais próximos do ponto de encontro com o buraco negro que criará um atalho na viagem, uma passagem para anos mais perto do nosso destino. Todos na Blombos parecem muito mais ocupados e agitados, mesmo sabendo que após essa travessia ainda demoraremos um bom tempo para chegarmos a Terrasul. Pra fugir desse clima de ansiedade, passei o dia na biblioteca.

Acessei informações técnicas dos navegadores assimiladas pela Griô, que está continuamente ciente dos passos que damos em nossa caminhada pelo espaço. Manter salva a memória das narrativas Irawó é seu princípio maior; seu dever com nossa história nos deu confiança para torná-la nossa bússola. Ainda assim, por mais que sua capacidade de compreensão do Universo tenha excedido as nossas, a Griô também sabe que o sentido dos nossos passos é algo que só nós podemos contar, então cabe a nós determiná-lo.

Depois de me atualizar com os dados da tripulação, revisitei vários dos meus escritos. Procurei e revirei em mim até encontrar as palavras que se escondiam em lacunas porque sou parte da matéria investigada, como um fragmento da história do meu povo, ligada a todos os acontecimentos que nos trouxeram até aqui.

Os narradores não se reuniram hoje, não houve sarau. Sumbe disse que a Griô anda instável. Nunca vi isso acontecer, mas ele garantiu que não devemos nos preocupar, porque está conseguindo se comunicar com ela. Uidá deixou o dia todo para que os dois, Sumbe e Griô, restaurassem a estabilidade de que precisamos para nos conectar com o mecanismo de gravação.

Tanto quanto a energia viva das nossas narrativas, a tecnologia de gravação magnética acústico-assistida da Griô utiliza ondas sonoras para energizar seu núcleo de armazenamento e o tornar temporariamente maleável, expandindo seu mega espaço de arquivo. Com as ondas acústicas das narrativas nos saraus, a energia é direcionada em um símbolo específico da Griô, o ponto onde o padã está sendo gravado, para chegar ao núcleo de armazenamento onde as narrativas são guardadas como dados históricos. O ponto do símbolo da geração de narradores que estão nutrindo a Griô é onde a matéria se dobra e estica; quando um sarau termina, a Griô retorna ao formato inicial.

É incrível poder sentir essa tecnologia ser movida pelas minhas palavras. Talvez um dia eu registre uma conversa com Sumbe sobre a forma como ele interage com a Griô. Um dia que esteja disposta a longas e animadas explicações sobre ondas sonoras e o núcleo de metal que absorve energia vibratória. Por enquanto, deixo mais um exemplo de que nenhum narrador é capaz de contar todas as histórias.

Assim que apaguei as luzes da mesa, o emaranhado de informações acessado durante o dia começou a se dissipar na minha exaustão. Amanhã ouviremos uma lenda criada pela Namibe, e, até mesmo aqui na nave, onde só os narradores participam da escuta do sarau, muitos dão um jeito de escapar das atividades para se entreter com as histórias dela. Namibe é capaz de contar ou recontar uma história em infinitas formas.

V. As luzes de casa
Travessia do regresso, registro 1097

Sonhei com Terrasul. Quando era criança, mais ou menos na época em que minha avó dizia que a língua da família seria perdida em mim se continuasse me negando a ter conversas longas em irawó, eu tinha um sonho recorrente com Terrasul, que variava um pouco e, às vezes, parecia mais pesadelo do que sonho. "Isso porque você se revira muito na cama, troca de lado, muda a perspectiva. Uma coisa nunca é a mesma quando vista do outro lado", era o que minha avó dizia, e eu acreditava nela. Por isso, também acreditava que ela não poderia estar totalmente certa sobre meu receio de usar constantemente o idioma irawó. Nós duas víamos essa questão por lados diferentes.

O sonho pareceu reflexo dos últimos dias. Agora que tínhamos passado do momento mais tenso da viagem, sinto que todos estamos nos adaptando a uma nova singularidade. O estado em que me encontrava no dia da travessia da garganta do buraco negro pelo hiperespaço era de desconfiança. Desconfiava profundamente do abismo em que nos lançamos para chegar o mais perto possível de Terrasul. Agora eu caminhava pela nave, sozinha em um novo estado: o de uma esperança eufórica. Tínhamos repetido o feito dos nossos ancestrais. Nós conseguimos!

Como não poderia deixar de ser, afinal, somos Irawó, transbordamos em agradecimento às estrelas e à Griô por terem nos permitido uma travessia segura, transbordamos em festa.

Na sala do sarau, envolta em música e dança, som e movimento, eu senti no corpo a energia da celebração, sem conseguir deixar de perceber a forte presença da Griô no meio de tudo. Ela nos guiou até aqui. Seu princípio astrobiológico e historiográfico para nós, Irawó em diáspora, é inestimável. Ela já o usara pra traçar o caminho dos Irawó até Ga. Para a Griô, a historicidade de um povo é uma dimensão de infinitas ondas gravitacionais de acontecimentos registrados em uma sinfonia de infinitas possibilidades dentro do espaço-tempo. Pra traçar uma rota, ela faz a leitura dessas ondas, mixando-as à nossa frequência para encontrar o que buscamos. Na travessia do regresso, procuramos nos reconectar à história dos Irawó em Mamuna, nosso povo.

Foi por isso que, no momento em que a nave atravessou o hiperespaço, a Griô, como mais nenhuma coisa viva poderia, manteve-se obsessivamente ligada à frequência da energia gravitacional que buscávamos. Para nós, tudo era um profundo silêncio; pra ela, era como baquetas em um tambor produzindo música no espaço-tempo.

Hoje, ao fim do dia, parei pra observar a luz de um antigo Sol em um novo horizonte espacial. Pude me sentir mais próxima de tudo. Estávamos começando a nos preparar para encontrar nossa terra.

VI. Quando as portas da nave se abriram, só havia nós
Travessia do regresso, registro 1888 – segundo relato

Meu trabalho é narrar a partir do que sinto, preciso ser capaz de descrever os sentidos do que vejo. Então respiro e tento mais uma vez.

Quando o módulo de aterrissagem se fixou ao chão, não senti nenhum impacto, ao menos nada que pudesse denunciar nossa chegada. Quando as portas da nave se abriram, só havia nós, então permanecemos imóveis por um tempo, sem saber ao certo à espera do quê. Mas o ar era bom, e essa recepção teria que bastar.

A tensão me envolveu em um silêncio que foi se quebrando à medida que meu corpo se adaptava à realidade. Tomei consciência do bater ritmado de águas em correnteza não muito longe. Ainda imóvel, permiti me conectar àquele som, que seria meu primeiro vínculo com o lugar. Minha respiração se alinhou à mesma vibração, assumindo o ritmo das batidas como se me ajustasse ao inajustável – até minha atenção ser desviada para uma voz dentro do módulo.

— Mestra Uidá para Blombos. O pouso foi bem-sucedido, os escudos não foram danificados, estamos ocultos. A equipe de reconhecimento se prepara pra sair.

Era a minha deixa. Vesti a biomochila ciente de que movimentos como os meus eram repetidos por Quissama, nosso mestre de ciências da terra e por Sumbe, que completava a pequena equipe.

— Irawó bukun irin ajo wa! — dissemos juntos e, depois de ouvirmos a benção da tripulação em resposta, partimos a pé pela mata que parecia preencher todo o nosso redor.

*

No caminho, me peguei tentando reconhecer a Terrasul das histórias da minha infância. Foi reconfortante perceber o quanto esse lugar é, em parte, o que esperávamos.

— Só não fiquem confortáveis demais — Quissama dizia toda vez que Sumbe ou eu nos empolgávamos com algo.

No segundo dia de caminhada, ouvimos algumas vozes em uma língua desconhecida. Estavam distantes, mas Sumbe conseguiu captar o som. Eu sei que preciso registrar a subjetividade dos acontecimentos, mas por enquanto prefiro esperar adentrar algum nível de compreensão que me faça capaz de dar aos registros significado além do que o que os equipamentos do Sumbe estão transmitindo ao resto da tripulação. "Deixe a precisão para as máquinas, Yagazie", a Mestra Uidá diria.

No terceiro dia, desviando um pouco da trilha do som das vozes do dia anterior, a biomochila de Sumbe nos apontou uma área que logo se revelou um espaço habitado, ao que tudo dizia, por uma pequena sociedade organizada. A arquitetura nos chamou a atenção pela familiaridade com nosso próprio conceito de vila. As construções em argila têm muita semelhança com a dos Irawó, mas reconheci também aspectos de outros povos de Terrasul. Ao longe, de acordo com a nossa varredura, tudo é muito calmo. A vila parece estar isolada de qualquer outra intervenção humana.

O primeiro choque veio com a leitura aproximada das imagens.

O que vimos entalhado no alto de uma das entradas jamais nos passaria despercebido. Um káàbó entalhado na porta! A emoção de encontrar um símbolo irawó de boas-vindas nos arrebatou. Sumbe foi o primeiro dos três a chorar. O símbolo não altera os dados que nos dizem que essa terra não é Terrasul, mas foi o primeiro sinal de esperança que encontramos e é lindo! E também uma recepção. Apesar dos muros e armadilhas que pareciam compor um sistema de defesa da vila, aquele era um sinal de boas-vindas de um Irawó para outro. Quando movemos as imagens, e em meio a grafias desconhecidas, outros símbolos irawó foram surgindo, gravados em vários pontos da vila. Recebi o abraço de Sumbe e puxei Quissama pra junto de nós.

VII. Nenhuma história tem apenas uma origem
Travessia do regresso, registro 1888 – segundo relato

Estar em uma terra estranha pode levar você a um nível de alerta e tensão constante, mas acho que a calmaria do lugar se instalou na rotina da nossa missão. O medo é uma névoa dispersa nessa calmaria, essas duas coisas parecem se fortalecer mutuamente, ainda mais depois do impacto da visão de uma parte nossa nesta terra. É assim que sinto a noite se entendendo após enviarmos as atualizações do dia pra tripulação no módulo e na Blombos. O que havíamos passado hoje para Griô era muito mais importante que os relatórios das noites anteriores, então todos os três estávamos ansiosos pelo retorno que nos dariam.

Sumbe nos informou que a Griô, usando o arquivo de vozes que enviamos, havia avançado na análise diacrônica da língua e transmitido os resultados para nossos mejeejis.

– Qual o idioma?! – Quissama e eu perguntamos ao mesmo tempo, sem conter a empolgação.

– Nenhum que vocês ou eu conheçamos, mas pelo menos dá pra riscar a comunicação da nossa lista de preocupações. Agora o mejeeji vai dar conta.

Como a Griô havia conseguido fazer a análise linguística, já devia estar completando a leitura das ondas emitidas pela história do lugar. Talvez faltasse pouco pra que nossas outras perguntas fossem respondidas.

Comemos em silêncio e procuramos descansar para o dia que nos esperava, mas havia expectativas demais nos mantendo acordados. Um tempo depois, Sumbe ressuscitou a conversa:

– Tô me sentindo ridículo, tendo que ficar me escondendo – ele riu sozinho. – Isso tá diferente da recepção para os heróis Irawó que vocês estavam esperando, né?

– E você não? – Quissama perguntou.

– Claro que ele estava. Quem de nós não se apegou a essa possibilidade? – respondi eu mesma, porque sabia como Sumbe desejava isso, assim como todos nós. Cada um teve seus motivos pra aceitar o risco da viagem, mas ser recebido de volta pelo nosso povo era a intersecção de todos eles.

– O problema é esse – Sumbe rebateu. – Essa era apenas uma das possibilidades entre várias. Agora nem sabemos o que estamos vivendo. Quem são essas pessoas num lugar com símbolos irawó se isso não é Terrasul? Essa é uma possibilidade que a gente não previu, Ya.

– Yagazie – corrigi, desviando da questão porque também reconhecia aquela frustração em mim, mas não queria dar vazão a ela, não naquele momento. Ainda tinha esperança de descansar antes da missão que teríamos pela manhã.

Foi Quissama quem veio com a resposta que nos deixaria dormir:

— Nós consideramos o que poderia dar errado, Sumbe. Também que, provavelmente, lidaríamos com situações além de tudo que sabemos. E, bem, estamos vivos, não estamos? Apesar de tudo, nossos conhecimentos e habilidades continuam a nos manter até aqui. Então, mais uma vez, como nossos ancestrais quando aterrissaram em Ga, vamos descobrir o que estamos vivendo e como lidar com isso. Ficar em Ga e nunca tentar reencontrar nosso povo é que nunca foi uma possibilidade.

*

Quando o quarto dia amanheceu, recebemos a autorização de contato com a vila. Concluídas as orientações da capitã, nos apressamos pra reordenar as biomochilas e desativar o escudo.

Do local onde estávamos, não foram muitas horas de caminhada até a posição orientada para o primeiro contato. Conseguimos ouvir alguns sons variados daquela direção, o barulho das pessoas vivendo. Quissama e eu estávamos alertas para cada movimento na única saída aberta da vila, voltada para o mar. E isto enquanto Sumbe, impressionantemente tranquilo, concentrava-se na biomochila, buscando confirmar se aquele era mesmo o melhor caminho pra iniciarmos o contato. Notei quando ele parou por mais tempo em uma das imagens que estava captando.

— O que foi? Achou uma opção melhor?

— Talvez. Tem uma mulher sozinha, quebrando coco. Tá bem próxima à praia, numa distância grande do portão, mas com uma boa visão de toda a área. Deve ser uma das vigias dessa saída.

Pedi pra analisar a imagem também. Além da ferramenta usada para o coco, uma espécie de machadinha que ela fixava no chão usando uma das pernas, havia uma outra, maior e mais afiada, fincada na areia. Enquanto observava aquela mulher, que devia ser apenas um pouco mais velha do que eu, simpatizei com ela, havia alguma coisa nela que me tranquilizava. Era nossa melhor opção. Precisei convencer Sumbe e Quissama a me deixarem ir sozinha, e depois lembrar a mim mesma de que eles estariam por perto caso alguma coisa saísse errado.

*

Apesar de sentir que poderia me comunicar com aquela mulher, minha roupa e meu penteado, escolhidos pra me apresentar aos Irawó em Terrasul como um deles, denunciariam minha estranheza nessa terra e, sei bem, o estranho é sempre temido. Mas lembrei do káàbó marcado na entrada na vila, então confiei no que ele parecia dizer sobre aquele povo e ofertei meu melhor.

— Irawó bukun irin ajo mi — disse, já me aproximando e carregando em cada palavra a importância do encontro.

Ela se pôs de pé com agilidade, o susto no seu rosto me encheu de medo de ter errado em apostar que ela poderia reconhecer a saudação. Ela passou rápido pra um olhar de desconfiança curiosa, examinando meu rosto. Não, examinando a escarificação na minha pele. Acho que foi o que a fez tomar a decisão de me responder:

— Dara rin — disse ela, e eu dei os passos que restavam pra que ficasse diante dela.

— Meu nome é Yagazie, e eu preciso contar minha história — falei no idioma dela através do mejeeji, observando sua reação ao meu nome, me agarrando à tentativa desesperada de reconhecimento, pensando nas discussões que tivemos na Blombos sobre a decisão de só trazer na tripulação do regresso pessoas com nomes irawó.

O caminho que se desdobrou entre nós duas, entre as várias possibilidades que poderiam suceder minha apresentação, foi o mais simples. Me sentei com ela e contei minha história, toda ela, como sempre narrei o que era preciso, tudo que daria a ela a possibilidade de encontrar o que precisava na minha narrativa. Fui me desligando da tensão que carregava. No fim, senti como se estivesse ouvindo, na correnteza das ondas, a vibração da Griô. Alguma coisa na história que contei destravou o que restava da barreira entre nós duas, e por mais distante que minha realidade estivesse da dela, ela me olhou com profundo reconhecimento. Assim que terminei de narrar minha história, ela contou a dela:

– Minha avó, mãe de minha mãe, que veio fugida do lugar onde era escravizada, porque de catorze filhos foi a última e não queria aquela herança da vida do trabalho escravo doméstico, aí veio fugida seguindo somente as estrelas. Dizia que tinha vindo do povo Irawó e que falava com as estrelas. Passou um tempo na mata fechada até chegar aqui. Ela ajudou a erguer isso tudo que chamamos de nosso mocambo. Dizia que aqui ela podia ouvir as estrelas falarem mais alto, e logo as estrelas trouxeram outros, inclusive meu avô, pai de minha mãe. Minha avó casou cedo, diz que casou como alternativa de ter poder e pra ter crias a quem ensinar como ouvir as estrelas. Nesse meio-tempo, ela também lutava com os guerreiros para nossa sobrevivência. Na função de dar conta da sobrevivência do povo, ela não se desfez dos serviços da religiosidade, mas foi necessário tomar parte na questão de organizar as funções da proteção desta terra que nos foi cedida pela vida que aqui habita, nutre e abençoa meu povo.

"Dá pra ver daqui a casa de argila que ela mesma ergueu, aquela bem comprida. Meu avô a alargou quando a família não cabia mais e precisava ter um canto pra minha avó devotar nos momentos de ficar só com sua fé. Minha mãe nasceu no quarto da frente, e depois me pariu nesse mesmo chão. Não diga que esse solo é ruim, nem que pés ruins aqui pisam. Não enquanto pudermos afastar os pés daqueles que deixam rastros de morte."

VIII. Tudo o que transporta o ar
Escritos do diário de Yagazie Padà Irawó, 1802

Na primeira chuva que presenciei desde nossa chegada a este planeta, havia dor em tudo que a água tocava. Dor e revolta. A torrente embaçava minha visão e abafava as vozes da reunião da tripulação da Blombos, apenas uma parte do meu povo nesta terra.

A capitã repetiu mais uma vez que alguns de nós nunca mais veríamos a família que deixamos em Ga, que talvez alguns de nós nunca encontraríamos a Terrasul que sonhamos encontrar, que às vezes, quando buscamos algo, só teremos dimensão de sua forma ao dar de cara com ele.

No momento em que a Griô buscou o caminho para nosso povo dentro da imensidão daquele buraco negro, ela sintonizou os Irawó em uma série de universos paralelos, um infinito até então desconhecido. Não faço ideia do quanto a Griô estava preparada para o que encontrou, sei que nenhum de nós aqui estaria, mas com a assimilação da sabedoria dos milhares de anos de histórias que nós e o Universo contamos a ela, ela decidiu qual seria a rota para deveria fixar nosso caminho: até os Irawó cuja história gritou pelo seu povo. Muitas coisas são reveladas em momentos de encontros. Foi assim quando soubemos que a Griô havia nos levado até os Irawó que mais precisavam de um reencontro com poder pra manter suas narrativas.

Este lugar retém espaço na nossa história: onde nosso povo está, ali estamos. Essa compreensão se materializou em mim enquanto olhava para os meus, para quem compartilha da minha dor e revolta. Não seremos o mesmo povo livre que cruzou as estrelas até aqui, enquanto todos nós não formos livres.

Quando os Irawó que nos receberam nesta terra começaram a chegar e a se reunir em torno do acampamento da tripulação, nossos escudos já estavam abaixados. Agora enquanto escrevo, nada está quieto, os tambores começaram a soar. A chuva forte ainda reverbera em tudo que vive e no que não carrega mais fôlego algum. Ainda assim, esse povo, meu povo, se move como ar em liberdade. Nenhum de nós ignora a tensão da ameaça que nos distancia do próprio futuro. Para além dos limites da vigilância do mocambo, nosso povo está envolto em dor. Meu corpo despido de coragem teme ficar e perder a alegria que a esperança em minha terra sustentou durante anos no meu mar de incertezas.

Quero gritar para o povo que começa a se misturar: protejam-se, Irawó! Me lembro das palavras de Quelimane: "Protege seu corpo, Irawó! Proteger seu corpo é proteger sua história".

Protejam-se, porque um dia nossas histórias aqui também serão contadas, esculturas, moldadas, danças serão dançadas, e o ar que vibra agora desses tambores perdurará.

Sou Yagazie da geração Padà dos Irawó de Ga. Este é meu primeiro registro como habitante do planeta para o qual a Griô nos trouxe no ano 100 da diáspora terrasulana, bifurcando nosso caminho de volta. Os sistemas da nave e da Griô nos informaram que este planeta tem a mesma idade de Terrasul, a humanidade aqui nasceu aproximadamente na mesma era que a nossa e o ano em que estamos provavelmente corresponde ao ano marcado para o retorno à Terrasul. As semelhanças terminam aí.

Estou em 1802 no planeta que chamam apenas de Terra. Ao solo em que piso, e onde meu povo perece, deram o nome Brasil.

COM O TEMPO EM VOLTA DO PESCOÇO

WALDSON SOUZA

I

IMANI TERMINOU de explicar a teoria e me encarou à espera de uma resposta. Nos últimos meses, desde que me contara sobre a máquina do tempo, ela não falava sobre outra coisa, mas, agora, estava pedindo muito de mim.

– É por isso que preciso ficar aqui monitorando o sistema e garantindo que a viagem seja precisa.

Ela continuou a argumentar – e eu continuei em silêncio. Era verdade, só Imani sabia mexer na máquina. Por mais que ela tivesse feito demonstrações para provar a funcionalidade de sua criação, nunca entendi como aquilo de fato funcionava. Eu também era a única a quem ela confiara seu segredo, seu projeto dos últimos anos. Todos da família pararam de visitá-la, e, entre eles, a chamavam de louca por sempre ficar trancada no quartinho dos fundos.

Bom, eu estava começando a concordar.

– 2098? – perguntei, por fim.

– Sim. Você precisa voltar e impedir que ele seja assassinado.

– E o mundo vai ser um lugar melhor por causa de um presidente?

– Você sabe o que aconteceu depois do atentado.

Não era uma pergunta. Por mais que eu tivesse ouvido falar sobre a época de Jorge Assis de forma breve e enviesada na escola, Imani havia abordado o assunto comigo mais de uma vez, garantindo que eu não me esquecesse de nossa história. Até podia ouvir sua voz repetindo o texto que, àquele ponto, já estava decorado.

– Depois de 2098, nosso país entrou num longo período de retrocesso. A economia quebrou, a desigualdade e a violência aumentaram, as hierarquias sociais se atenuaram. Os movimentos de oposição foram enfraquecendo, mas, nas eleições daquele ano, Jorge Assis liderava as pesquisas. Não fosse o atentado... ele teria ganhado. Era a mudança que nosso país precisava naquele momento. Não é por acaso que deram um jeito de retirá-lo de cena.

Imani fechou as abas no computador com as notícias de mais ou menos dois séculos atrás.

– Olha, Jamila, sei que é muito pra assimilar – disse. – Você não tem que responder agora. Eu mesmo iria, mas, como disse, alguém precisa ficar aqui e cuidar da máquina.

Ela parecia decepcionada. A única pessoa que nunca duvidara dela demonstrava insegurança pela primeira vez.

– Preciso pensar – respondi, e comecei a pegar minhas coisas.

Queria ter dito *não* ali mesmo, acabar com aquela ideia sem sentido. Minha tia foi me envolvendo aos poucos, e me deixei levar porque queria ajudá-la. Primeiro, ela me fez voltar alguns dias, depois, algumas semanas, sempre pedindo que fizesse mudanças mínimas, como quebrar uma janela, mudar algo de lugar ou rabiscar algum objeto, só para termos certeza de que era possível fazer alterações no passado. Porém, o que acabara de propor não era mais um teste, mas, sim, seu objetivo final.

Não sei se deveria existir algo com o poder de mudar a história de um país. Era perigoso demais.

Fui embora e deixei minha tia sozinha no laboratório improvisado. Atravessei o quintal, que mais parecia um lixão, de tanta tralha acumulada, sentindo um incômodo no pescoço. Era como se o colar tivesse ficado mais pesado, como se, por um momento, eu estivesse desacostumada com a presença dele. O fim daquele negócio era uma das coisas que Imani tinha jurado que mudaria, o resultado de vários processos. Os colares jamais seriam inventados se vivêssemos em um mundo mais justo.

Mas o mundo não é justo, nunca foi. Quem poderia garantir que mexer com o passado não deixaria tudo pior?

Voltei para casa no MLT que passava por todas as quadras do Setor 7. Sentei em uma das janelas do trem que se movia silenciosamente pelos trilhos. Podia ver as torres e os prédios de Nova Brasília lá longe, seguros e intocados do outro lado da ponte. No dia seguinte, levaria meu irmão até a cidade para fazer o registro necessário para que ele começasse a estagiar. O dinheiro, apesar de pouco, seria muito bem-vindo. O seguro-desemprego acabara havia cinco meses, e eu continuava desempregada. Meus pais nunca reclamavam, mas as coisas em casa ficaram mais difíceis depois que passaram a não poder mais contar com a minha renda. Eu vivia angustiada com a situação.

Quando entrei na sala, meus pais e meus irmãos, Miguel e Masika, estavam todos reunidos assistindo à televisão. Miguel veio correndo falar comigo.

– Nós vamos amanhã mesmo? – perguntou.

Masika veio com ele e me abraçou.

– Vamos, sim – respondi, sorrindo. – Já preparou suas coisas?

– Posso ir com vocês? – perguntou Masika antes que Miguel conseguisse responder.

– Você sabe que não tem idade ainda.

Os dois tinham só dois anos de diferença e eram muito parecidos, podiam se passar facilmente por gêmeos. Eu, no entanto, era diferente – muito mais parecida com nosso pai do que com nossa mãe. Miguel estava animado, e eu não podia julgá-lo. Me lembrava bem de como tinha ficado empolgada ao completar 16 anos e receber a autorização para entrar em Nova Brasília. A ideia de poder sair com amigas, ir ao cinema, frequentar eventos culturais... Tudo feito de forma breve e limitada, mas ainda fora da monotonia do Setor 7.

Depois de falar mais uma vez para Masika que o momento dela chegaria, pedi a benção para meus pais, dei um beijo em cada um e fui para o quarto. A conversa com Imani me deixara de cabeça cheia.

Tirei o colar cinza metálico, afastando os ímãs das extremidades, e o coloquei em uma mesinha de canto junto ao celular. Ele era justo como uma gargantilha, fininho, com um pequeno *display* retangular marcando as horas. Não era necessário usá-lo dentro de casa, mas só podíamos sair com ele no pescoço, mesmo quando a direção não era Nova Brasília. O colar substituía o RG dos maiores de 16 anos. Era nosso passaporte, nossa permissão para estar na rua – um jeito prático de nos identificar.

Na escola, aprendi como os colares eram uma medida importante para um controle populacional mais justo e equilibrado entre Nova Brasília e os setores. A população começou a usá-los uns quarenta anos atrás, mas a sensação era de que sempre haviam estado por aqui. Era um sistema eficiente para manter os interesses do Governo, cada vez mais popular em outros estados brasileiros desde sua criação brasiliense.

Acordei cedo no dia seguinte para enfrentar o trajeto até a cidade. Calculei tudo com bastante cuidado para não correr o risco de perder o horário marcado. Na estação do MLT, pegamos uma pequena fila.

– Cadê o colar dele?

Expliquei que Miguel estava indo justamente fazer o registro.

— Ok, pode passar — disse o guarda após ver o documento de comprovação no celular do meu irmão.

Quando passei pela catraca, uma tela mostrou quantas horas ainda tinha no meu colar — bem menos do que eu gostaria. Precisei comprar tempo para procurar emprego já que o Governo apenas libera horas para quem tem carteira assinada. Sempre dizem que você pode comprar quantas horas quiser e andar à vontade por Nova Brasília, mas o preço do minuto é tão caro que torna essa liberdade uma farsa. No meu último trabalho, ganhava nove horas diárias, sendo oito para o serviço e uma para o percurso de ida e volta. Além disso, eu ganhava outras seis horas de lazer não cumulativas que podia usar aos finais de semana. Não consigo lembrar qual foi a última vez que estive na cidade com a intenção de me divertir.

Não tivemos sorte — precisamos ficar de pé no vagão lotado. Deixei que Miguel ocupasse um espaço melhor localizado e fiquei desconfortável, apoiada em uma das barras metálicas. Ao menos aquele lugar tinha uma boa visão da janela. Vi meu setor ser deixado para trás conforme o MLT deslizava pelos trilhos. A quantidade de casas abandonadas e lixo no chão parecia cada vez maior. A aparência era péssima, mas não pior que a dos outros. De onde eu estava, inclusive, conseguia ver a fumaça do Setor 9. Até o fim do dia, como sempre, a poluição se espalharia pelas redondezas. Eu odiava aquele cheiro e a feiura das fábricas, só conseguia pensar em como morar no 9 devia ser horrível.

Todos os colares do vagão emitiram o mesmo bipe ao passar da metade da ponte que atravessava o lago. O som era curto e baixo, mas foi amplificado pela quantidade de pessoas, como se fosse um só. O tempo começou a correr para todos, indicando a entrada em Nova Brasília antes mesmo de vermos qualquer placa de boas-vindas. Da ponte pra lá, a paisagem era extremamente mais limpa e bem cuidada. Não tinha aquele aspecto cinza dos setores. Parecia até outro mundo – o que explicava o fato de eu sempre me sentir uma alienígena quando estava ali.

O posto de registro ficava na estação central no MLT, no coração de Nova Brasília. Não havia mais postos nos setores, que, depois de um tempo, começaram a facilitar práticas de falsificação como liberação de tempo indevida em novos registros. Com a centralização, conseguiam ter um controle melhor.

Tiraram fotos de Miguel, recolheram as digitais e lhe fotografaram as retinas. Após a parte mais burocrática, colocaram o colar em seu pescoço. Estava zerado, só começaria a funcionar quando ele passasse pelo sensor da ponte. Era o primeiro e último dia em que Miguel poderia andar por Brasília sem se preocupar com o tempo.

– Até que não incomoda – comentou ele, mexendo o pescoço quando saímos do posto.

Eu sorri, desconfortável.

– Com o tempo você nem vai perceber que está usando – comentei.

– A gente pode ir lá no shopping?

Pensei no tempo que tinha e calculei rapidamente quantas horas ainda restavam no meu colar. Havia um shopping próximo de onde estávamos, e meu irmão estava feliz por finalmente ter saído do setor. Eu não podia desconsiderar que aquela era a primeira vez dele. Decidi não quebrar nosso momento de diversão – de qualquer forma, eu teria que comprar mais horas para continuar procurando emprego.

*

Não sei como seria caso a vida tivesse se encaminhado na normalidade que Imani não cansava de questionar. A tragédia me deu a coragem que eu nunca tivera. Na verdade, talvez tenha sido o cansaço e toda a raiva e indignação rasgando meu peito, como se eu já não estivesse despedaçada o bastante. O peso de não aguentar mais encarar meus pais e sentir a garganta seca toda vez que fazia isso. Para minha irmãzinha, eu nem sequer conseguia olhar.

Mais um. Agora um da nossa família. Ninguém nunca espera que algo assim vá acontecer com uma pessoa próxima, mas a possibilidade está lá, sombreando nossa existência. Por séculos. A culpa talvez seja mesmo do passado. Algo que talvez só o tempo possa resolver.

Não sabia mais o que fazer para me livrar daquela sensação. Voltei para não viver mais sufocada.

*

Aquele foi um dos vários dias em que retornei para casa sem muita esperança de receber uma resposta positiva das entrevistas de emprego. Cheguei cansada e com fome, mas mal entrei na sala e percebi que algo estava errado: meu pai falava aflito ao celular, e eu não entendi de imediato qual era o assunto. No sofá, minha mãe chorava ao lado de uma Masika que não sabia como consolá-la. Só meu irmão não estava lá.

– Cadê o Miguel?

Tive medo da pergunta. De alguma forma, eu já sabia a resposta.

– Ele não chegou ainda – respondeu minha mãe. – Também não foi para a escola.

Miguel saíra cedo de casa rumo ao estágio que começara duas semanas atrás. Pela quantidade de horas que podia ficar em Nova Brasília, ele deveria ter voltado ao setor na hora do almoço.

– Nenhum dos amigos sabe onde Miguel está, todos só reforçam que não o viram na escola – falou meu pai após desligar o celular.

Ele se sentou ao lado da minha mãe no sofá.

– Vou perguntar se ele foi visto na estação.

Eu não fazia ideia de como agir. Não adiantaria nada ficar olhando para minha mãe enquanto ela chorava. Miguel poderia estar em qualquer um dos outros setores, talvez só tivesse se esquecido de avisar. Torci para que o motivo fosse apenas estupidez de um adolescente decidindo faltar à aula para ficar com os novos amigos do estágio ou algo do tipo. Que ele não tivesse sido irresponsável a ponto de ficar em Nova Brasília depois do tempo ter se esgotado...

Conseguia visualizar a imagem, de tão comum que ela era: a polícia recebendo uma notificação de ultrapassagem de tempo, chegando ao local e abordando Miguel para fazer perguntas. A justificativa: procedimento padrão.

Eu estava quase correndo quando entrei na estação. Abri uma foto do meu irmão no celular e comecei a perguntar aos guardas. Ninguém tinha visto ele.

Olhei para a catraca. Ainda devia ter uns trinta minutos sobrando. Com esse tempo, o sistema não liberaria minha passagem – não era o suficiente nem para completar a viagem de ida. E, depois, mesmo que eu tivesse como chegar em Nova Brasília, o que faria? Sairia no meio da noite, perguntando por um garoto negro desaparecido? Virei a cabeça para os lados, tentando pensar em algo que pudesse ser feito, torcendo para que Miguel aparecesse de repente em algum ponto da estação.

Eu era prisioneira do tempo. Não adiantava ficar ali, então decidi voltar para casa. Abraçar minha mãe, dizer que tudo ficaria bem e esperar era tudo que estava ao meu alcance.

No dia seguinte, recebemos a ligação pedindo que meus pais fossem identificar o corpo.

*

Aqueles dias foram os mais angustiantes da minha vida. Tive que ajudar meu pai com os preparativos do funeral, tive que apoiar minha mãe e conversar com minha irmã. Me sentia na obrigação de cuidar de todos, mas não parei para pensar que não estava cuidando de mim mesma – ou pelo menos não me dando o tempo necessário para viver meu luto.

Imani não pareceu estar contente com a minha chegada. Talvez quisesse que a viagem fosse feita em outras circunstâncias, não depois da morte do sobrinho. Ela preparou um lanche, e nós duas conversamos por um bom tempo. Sempre achei incrível como o interior da casa dela era limpo e organizado, principalmente a cozinha, enquanto o quintal e o laboratório eram superbagunçados. Minha tia repetiu muita coisa que já havia me explicado, mas também deu novas informações essenciais. Eu precisava saber de tudo, entender quais eram os riscos.

Ela projetou um mapa antigo do Brasil na parede.

– Essa era a Velha Brasília, uma região bem menor que a nossa. – Ela mostrou um quadrado em Goiás, estado que foi dividido quando Brasília ampliou o território. O mapa tinha vários estados diferentes, inclusive alguns que depois foram engolidos pelo mar, total ou parcialmente. – Quando você estiver no passado, vai ter alguns dias até o atentado. Faça tudo conforme eu planejei, e caso algo dê errado, volte imediatamente para o nosso tempo. E o mais importante: não converse com mais ninguém antes de mim.

Ela chamava a ação de "nosso plano" e falava em grandes mudanças. Mas por que achava que a possível alteração seria para melhor? E se eu voltasse e encontrasse um mundo pior do que aquele que deixara para trás? E se os colares ainda existissem? Ou outro sistema ainda mais opressor?

– Acha que em um mundo melhor, sem os colares, o Miguel estaria vivo? – perguntei.

– É uma possibilidade – respondeu Imani. – Bom, os colares estão diretamente ligados à morte dele... Mas, Jamila, você não pode se prender a essa ideia.

Precisei considerar todos os desdobramentos possíveis. Quanto mais questionasse minha decisão, mais difícil seria ignorar que, no fundo, eu só queria fazer algo imprudente. Queria, sim, ser capaz de acabar com o mundo que levara meu irmão, mas, mais do que tudo, queria fugir. Eu queria arriscar.

II

Por causa da distância, você pensou que a viagem seria mais dolorosa, mas a única diferença entre ela e as viagens-teste é o mal-estar que se sente por quase uma hora. Seu corpo parece não aceitar bem a ideia de estar em outro século, tão longe de casa. 2098. Tão longe dos colares que você deixou no futuro, o seu presente.

O mundo é diferente. Há bastante vida aqui, mas você faz o possível para não participar dela. Precisa agir o mais rápido possível, pois o atentado acontecerá na próxima semana. Evita falar com as pessoas, sempre se mantendo escondida e longe de lugares movimentados, colhendo somente informações necessárias. Mantenha sempre preso ao pulso o dispositivo que parece um simples relógio e levará você de volta para casa. Se algo fugir do controle, só precisa dar um jeito de se esconder e acioná-lo.

Nos primeiros dias, você fica em um hotel pequeno. Ninguém repara que seus documentos são falsos – Imani fez um ótimo trabalho deixando-os parecidos com os da época. Dois dias antes do atentado, você pega um ônibus para o Plano-piloto. Era assim que chamavam o lugar que depois passou a ser chamado de Nova Brasília, como se os setores não fizessem parte da cidade. Você se sente nervosa quando o ônibus passa pela ponte. É a mesma, com os três conhecidos arcos brancos, mas não ativa nenhum colar. Eles ainda não foram inventados.

É difícil acreditar que este mundo se tornará o seu. Talvez nem essas pessoas percebam ou saibam ainda, mas na virada do século 21 para o 22, os problemas foram se estendendo, se desdobrando e se amplificando pelos 200 anos seguintes até resultarem na sua época. Sua vida é resultado disso. Caso não cumpra o objetivo, o tempo continuará significando progresso para poucos, e declínio e destruição para muitos.

    O nome dele martela em sua mente a todo instante: Jorge Assis. Você se sente conectada e se importa com ele, mesmo que nunca o tenha visto. Mesmo que sejam de tempos distintos. É estranho, difícil de explicar. Você só tem as informações que sua tia contou, o pouco que estudou e o peso dessa missão para carregar. Sente a responsabilidade de mudar o curso da história, mudar a vida de milhares de pessoas. Está indo para o último evento público no qual Jorge Assis esteve antes da bomba ser implantada no carro dele. Não sabe se o que planejou dará certo, se sua abordagem será eficaz, se ele acreditará em você, se ao menos irá encontrá-lo ou se conseguirá falar com ele. Mas você vai tentar – está tentando.

    Você chega à cidade onde tudo aconteceu e desce do ônibus. A Velha Brasília tem prédios bem menores que os da sua época. Anda sozinha nas ruas desconhecidas, mas que se assemelham de alguma forma ao futuro. Só precisa achar uma pessoa, conversar com ela, tentar convencê-la a mudar os planos para a sexta-feira. Você tem medo de ser descoberta e, de alguma forma, não conseguir mais voltar para casa.

    E, no meio disso tudo, seu coração se aperta quando você pensa em sua família e lamenta pelo seu irmão. Na prática, nenhum de vocês nasceu ainda. A história passará por muitas reviravoltas antes do surgimento do seu núcleo familiar, mas uma nova história pode ser contada. Um futuro melhor pode ser escrito.

III

Antes de acionar o dispositivo que me levaria de volta ao meu tempo, pensei se o plano teria funcionado. Só podia torcer para ele ter acreditado em mim, mesmo que nossa conversa tivesse sido apressada e um pouco confusa. Tentei agir com calma e fazer sentido ao falar sobre o dia e o horário do atentado.

    Quando retornei, eu pensava muito em Miguel. Mesmo sabendo que esse não era um pensamento saudável, que potencializaria meu sofrimento caso ele não estivesse vivo por causa das minhas alterações no passado. Não consegui deixar de imaginar a possibilidade. Ao voltar para minha época, fiquei ainda mais enjoada do que na primeira viagem. Meu corpo não gostou muito de passar por outra experiência longa de deslocamento temporal, mas podia respirar aliviada, eu estava em casa.

    Não, aquele não era o mundo onde eu nascera.

    A primeira coisa diferente que notei foi o ar. Parecia mais limpo, minha respiração estava menos pesada, não havia aquele cheiro da poluição do Setor 9. Não estava no quintal de Imani, mas, sim, na frente de uma casa que eu desejei que fosse a dela, apesar da aparência completamente diferente. Pintada em um tom de azul, era quadrada, com um andar e janelas de vidro. Não havia cerca ou muro. Algumas árvores se espalhavam pelo quintal, e uma grama verde cobria todo o chão ao redor, chegando até a calçada. Fui erguendo os olhos até enxergar o final da rua, meu sapato e minhas roupas eram a coisa mais suja dali. Não havia lixo visível ou vestígio de terra. As outras casas eram todas iguais, de cores diferentes – mas nos mesmos tons frios. Todas, pelo que consegui ver, tinham painéis solares e muita vegetação nas proximidades. Tudo seguia o mesmo padrão.

    E se eu tivesse voltado e só aparecido em outra rua? Não, não havia casas como aquela no meu tempo. Também considerei possíveis erros de cálculo. Estar em outra época seria um problema difícil de reverter – o dispositivo que Imani me dera fora feito apenas para me devolver ao meu tempo de origem, eu precisaria da máquina se quisesse fazer outra viagem de ida.

    Decidi me mover e parar de assimilar aquele novo cenário, me aproximando da casa. Não bati logo na porta, preferi olhar pela janela da sala primeiro, mas, daquele ângulo visível, o interior estava vazio. Então, dei a volta e fui para os fundos. Já perto da janela da cozinha, comecei a ouvir vozes. Encurvei o corpo e fui erguendo minha cabeça com cautela para poder olhar. Nada podia ter me preparado para aquilo: na mesa da cozinha, tão organizada quanto a que eu conhecia, estavam sentadas Imani, Masika e... eu? Demorei um pouco para entender. Não por causa de um problema com o ângulo ou com a distância, mas devido à própria ideia.

    As três tomavam chá, conversavam animadas e pareciam tranquilas. Nenhuma me viu, e logo dei um jeito de sair da janela e me esconder. Precisava pensar. Naquele quintal não familiar, havia poucas opções de esconderijo, então fui para os fundos, em direção às árvores que ficavam cada vez mais próximas umas das outras, mas não chegavam a parecer o início de uma floresta nem nada do tipo. Logo, cheguei a um córrego e me ajoelhei para beber um pouco da água cristalina. Só então percebi como estava com sede.

    Pelo menos funcionara. De uma forma ou de outra, eu tinha mudado as coisas, mas a mudança foi tão grande a ponto de existir outra Jamila – e se já havia uma de nós neste mundo, eu não estava no *meu* mundo. Não consegui concluir se o plano tinha mesmo dado certo, mas a situação não era ideal. Lembrei-me do que Imani dissera sobre falar primeiro com ela quando retornasse. Agora, porém, já começava a duvidar de que ela se lembraria de mim.

    Ouvi um barulho de passos e risadas à minha esquerda. Levantei para me esconder, mas antes que conseguisse, ouvi a voz dele:

– Jamila, o que você está fazendo aqui?

Miguel veio andando por entre as árvores, acompanhado de um amigo que parecia constrangido. Ambos carregavam frutas de um tipo que eu não conhecia.

– Já estamos indo embora? – ele perguntou, sorrindo.

Meus olhos se encheram d'água. A garganta travou, e não consegui pensar em nada para responder. Miguel estava ali, na minha frente, vivo, sem o colar no pescoço. Não aguentei e me aproximei para abraçá-lo. Ele parecia mais alto e mais forte do que eu conseguia me lembrar, como se tivesse crescido um pouco mais. Chorei ao senti-lo em meu abraço.

– O que deu em você?

Afastei-me dele, precisava começar a fingir.

– Não posso mais abraçar meu irmão? – perguntei, secando as lágrimas.

– Claro que pode, mas, sei lá, não tem nem uma hora que a gente se viu – ele disse. – E por que você está chorando?

– É melhor eu ir andando – concluiu o amigo que eu não conhecia.

Ele entregou as frutas que carregava para Miguel, que passou a segurar todas com certa dificuldade.

– A gente se vê amanhã na escola – disse Miguel. O amigo começou a fazer o caminho em direção à casa ao lado, e meu irmão voltou a me olhar. – Você estava com essa roupa?

Eu não sabia que desculpa inventar. Minha mente ainda estava muito acelerada. Vê-lo de novo era inacreditável.

– Eu...

Quando comecei a falar, ouvimos um bipe. Me assustei por um momento, pensando que era o barulho do colar.

– Me ajuda aqui – pediu ele, entregando-me as frutas.

O celular que ele tirou do bolso era um modelo dobrável muito mais avançado do que os existentes na minha época.

– Ah, é a Masika. Ela está falando pra eu voltar – disse Miguel. – Você veio me chamar?

– Sim, pensei que podia precisar de ajuda com as frutas.

– Pois é, não sei por que nossa mãe faz questão de que a gente leve fruta toda vez se ela pode pegar no mercado.

– Verdade – falei. – Quer saber? Vai levando essas, que vou colher mais algumas.

– Tá bom.

Entreguei-lhe as frutas e respirei aliviada. Ele foi voltando para a casa enquanto avancei por entre as árvores. Não sei como reagiria quando visse que meu outro eu já estava na cozinha. Talvez só pedisse uma explicação, mas seria perigoso se afirmasse que tinha visto uma pessoa idêntica a mim perto do córrego. Por isso, me afastei, mas não a ponto de esquecer o caminho de volta, e me escondi.

*

A tarde avançou e deu espaço para o anoitecer. Eu já estava com dor de cabeça de tanto pensar e não chegar à conclusão alguma. Só teria respostas quando conversasse com Imani.

Esperei até ter certeza de que as visitas da minha tia já haviam ido embora e não voltariam mais. Antes de bater na porta da cozinha, espiei pela janela e me certifiquei de que ela estava sozinha.

– Jamila, você se esqueceu de alguma coisa? – perguntou, logo após abrir a porta.

Não respondi e entrei na cozinha.

– Tem mais alguém aqui? – perguntei, olhando para os lados.

– Não, Ayla está viajando – ela respondeu, sorrindo. – Você sabe disso.

Eu nem sabia de quem ela estava falando.

– Preciso usar seu computador, qualquer coisa com internet.

Ela não parava de me olhar com desconfiança, talvez achando que sua sobrinha estivesse lhe pregando alguma peça. De qualquer forma, eu precisava fazer a pesquisa antes de explicar melhor o que acontecera.

Ela me levou até um notebook. Digitei "Jorge Assis" na barra de pesquisa e li o primeiro resultado. A foto de um homem negro de meia-idade precedia uma breve biografia: "Jorge Assis foi um sociólogo, escritor e político brasileiro. Foi presidente do Brasil, tendo exercido o cargo entre 2099 e 2107".

– Então deu certo – murmurei.

Imani, que mantivera certa distância enquanto eu pesquisava, enfim se aproximou e colocou a mão no meu ombro.

– Jamila, o que está acontecendo?

Apontei para a tela.

– Você sabe quem é ele?

– É claro que eu sei, mas não entendo por que isso é importante.

– Você me fez voltar no passado para salvá-lo. E, pelo visto, funcionou.

Puxei a manga da blusa e revelei o pequeno dispositivo de retorno. Ela se aproximou e o retirou do meu pulso com tanta rapidez que quase me machucou.

– Como você conseguiu isso?

– Você me deu, tia – respondi. Ela olhava o dispositivo, virando-o para analisá-lo de ambos os lados. – Antes de me mandar para o passado.

– É impossível, Jamila. Eu nunca...

Ela puxou o notebook para si, mexeu em algumas pastas, acessou uma que pedia senha e abriu um documento. Era uma espécie de projeto, rascunhos com desenhos, gráficos e muita coisa escrita. Ela desceu o cursor até chegar a uma parte específica do arquivo, mas eu não precisava ver os esboços, já conhecia a máquina inteira.

– Eu nunca levei esse projeto adiante – ela disse.

– Bom, no meu tempo, você construiu tudo.

Se antes minha tia estava confusa, agora ela me olhava como se eu tivesse enlouquecido de vez. Ela foi até a janela. Continuei sentada, mas virei as costas para o notebook. Esperei até Imani assimilar tudo, o dispositivo em mãos.

– Onde estou? – perguntei, por fim.

Ela voltou para perto de mim.

– No Arquipélago de Brás.

A resposta só contribuiu para aumentar a minha sensação de deslocamento.

– Em que ano estamos?

– 2310.

Pelo menos o ano era o mesmo.

Conversamos sobre tudo o que tinha acontecido. Contei a ela sobre o meu mundo, os colares, como vivíamos... Ela ficou assustada com o que falei, e eu entendi o motivo assim que me contou sobre a vida dela. Era tudo tão diferente – não só a arquitetura das casas ou as áreas verdes. Era diferente e melhor. Perguntei especificamente sobre os problemas do meu mundo: colares, desemprego, violência policial e poluição. Nada disso existia ali. A teoria da outra Imani estava certa, ela tinha razão, onde quer que estivesse.

A todo instante eu pensava nos desdobramentos do que fizera, mais e mais perguntas se acumulando em minha mente. As duas realidades coexistiam ou a minha deixara de existir quando alterei o passado? Imani pouco ajudava. Não tinha o mesmo conhecimento que a outra. Não sentira necessidade real de criar a máquina e tentar mudar a realidade, porque não havia o que mudar naquele mundo perfeitinho. A máquina, para ela, não passava de uma ideia, um projeto hipotético para ocupar o tempo.

– Preciso voltar para casa – falei. – Não posso ficar aqui, não se já há outra versão de mim mesma. Talvez voltando e desfazendo o que fiz, eu consiga voltar para meu mundo...

– Você tem certeza? Não acha que já brincou demais com o tempo? Vocês deveriam ter pensado nisso desde o início.

– E qual a alternativa? Viver em um lugar onde já existo? Como isso funcionaria?

– Não pensei nisso ainda, mas sei que não consigo construir essa máquina.

Talvez fosse verdade, mas não consegui acreditar totalmente. Ela tinha os esboços, e eu estava ali para provar que o projeto era possível.

– Você conseguiu uma vez, pode conseguir de novo.

– Eu já tentei. Nunca acertei os cálculos.

Minha cabeça doía. Eu continuaria insistindo no assunto, mas talvez fosse melhor deixar a conversa para depois.

– Preciso descansar – falei.

Não era tarde, mas a viagem me deixara realmente cansada. Imani me mostrou o quarto de hóspedes e disse para eu tomar um banho enquanto ela preparava algo para o jantar.

– Você pode ficar aqui nos próximos dias, enquanto minha esposa não volta da viagem. Precisamos achar um lugar para você, talvez em alguma das outras ilhas. Imagina como a Jamila ficaria se visse outra versão dela mesma.

Não pude deixar de reparar que minha sósia era considerada a Jamila original – eu era a intrusa. Era isso o que eu era naquele novo mundo: uma intrusa, um problema que precisava ser resolvido.

Não respondi. Senti falta da *minha* Imani, com suas ideias malucas e conversas cheias de teorias mirabolantes, mas sempre disposta a me ajudar quando eu precisava. Comecei a sentir falta de casa, do que era familiar, mas isso não significava que queria a parte ruim de volta.

Miguel está vivo, pensei.

Fui tomar meu banho. Precisava pensar sozinha. Não sabia o que faria, mas sem uma máquina do tempo seria impossível retornar.

O chuveiro tinha um painel digital em que eu podia escolher a força e a temperatura da água. Tive dificuldade para iniciar o banho, mesmo depois da explicação de como aquela tecnologia funcionava, cortesia da minha tia. Aquilo provavelmente era a coisa mais simples para quem nascia aqui – tão simples quanto se lembrar de pegar o colar antes de sair de casa. Era uma comparação estranha, mas pensar nas coisas novas e diferentes daquele mundo fazia com que eu me lembrasse de tudo o que era comum no meu, por mais errado que fosse.

*

Três dias depois, pude sair da casa de Imani pela primeira vez. Ela disse que tentaria construir a máquina, mas que enquanto não terminasse, eu deveria me mudar para uma das ilhas mais distantes. Um amigo dela arranjaria tudo: identidade falsa, lugar para morar, até mesmo um trabalho. E assim minha estadia começava a se estender para algo definitivo.

Imani e eu entramos no carro elétrico e sem volante. Quando nos acomodamos, Imani disse em voz alta qual seria o nosso destino. O veículo começou a andar sozinho pelas ruas de acordo com um mapa digital do Arquipélago de Brás.

O arquipélago era quase tudo o que sobrara do Brasil depois que o nível da água engoliu boa parte da América do Sul. Talvez alguns acontecimentos fossem inevitáveis, independentemente do caminho que a sociedade trilhasse. Conforme deixamos a ilha para trás, vi que a vegetação se espalhava por todo canto, inclusive no topo e nas paredes dos prédios. Nunca tinha visto tanto verde em toda minha vida.

Atravessamos a primeira ponte que ligava uma ilha à outra, e vi que ambas tinham redomas. A própria ponte era coberta por uma estrutura protetora. Consegui ver as outras ilhas em pontos mais afastados, todas com prédios altos, cobertos de vegetação e protegidos de qualquer poluição ou da alta temperatura ambiental. O arquipélago parecia uma coleção de bolhas conectadas.

Não sei ao certo por quanto tempo viajamos. O carro deslizava, flutuando a poucos centímetros do chão, e o movimento era gentil demais para eu não sentir tranquilidade – cheguei a cochilar em alguns momentos.

Ao ir embora, Imani repetiu que não sabia se conseguiria construir a máquina. Acho que ela tinha medo de que minha viagem pudesse destruir o mundo dela. Não sabia se minha interferência era capaz de criar e destruir mundos, eu podia ser a única peça que havia se deslocado. Porém, quanto mais vivia ali, mais eu sentia que só havia sido transportada para outra realidade.

Estava agora em uma das ilhas mais distantes da minha família. Imani não permitiu que eu os visse, mas me entregou uma foto deles. Aquilo aqueceu meu coração e me deu certo conforto. A fotografia fora tirada na frente de uma casa muito bonita e todos demonstravam estar bem. Masika, assim como Miguel, parecia menos magra do que as versões deles de antes. Meus pais também exalavam mais saúde e felicidade – efeitos de uma vida fora dos problemas do meu mundo. E eu entre eles. Era difícil olhar para mim mesma, idêntica até o último fio de meu cabelo crespo, mas ainda assim diferente. Era estranho saber que estava com minha família, ao mesmo tempo que não podia viver com eles.

Olhar a foto me causava uma sensação agridoce. *Eles estavam bem*, pensei. *Eu estou bem.*

Provavelmente, nunca mais os encontrarei. Sentia falta deles, dos de antes e, estranhamente, dos de agora também. Quanto mais o tempo passava, mais eu pensava sobre a possibilidade de existir diversas linhas do tempo. Em algum lugar, talvez Miguel ainda esteja morto e meus pais perderam a filha mais velha quando fui embora. Nunca voltei, e minha tia nunca pôde explicar o verdadeiro motivo do meu sumiço. Mas me confortava saber que, na nova realidade em que cheguei, Miguel estava vivo e minha família era feliz.

    Esse pensamento me fez continuar e me estabilizar no arquipélago. Recebi todo suporte material e Imani me ligou por um tempo para saber como eu estava e dar notícias sobre a construção da máquina. Ela realmente tentou, mas as atualizações não foram nada animadoras. Com o tempo, ela parou de tocar no assunto e as ligações se tornaram cada vez menos frequentes. Construir uma nova vida, ter um trabalho e conhecer pessoas novas me deixou menos sozinha, apesar da falta constante dos meus familiares. Aos poucos, comecei a pensar neles mais como parte do mundo que alterei do que como pessoas que estavam separadas de mim por algumas ilhas de distância.

    Às vezes, toco o pescoço para me certificar de que estou mesmo sem o colar. Ainda é estranho poder andar livremente, ir para qualquer lugar na ilha onde moro, viver sem estar com o tempo em volta do pescoço, sem a sensação de urgência. Mesmo sentindo que não pertenço a este mundo, que não deveria estar respirando este ar puro, tento me convencer de que posso construir uma vida nova aqui. Voltar não está ao meu alcance. E, aos poucos, vou aprendendo que não preciso querer voltar. Nem sempre parece certo desfrutar de todas as coisas boas que este tempo possui. A lembrança do sofrimento e da angústia de antes me assombram. Achar que não mereço ser feliz é um sentimento cruel. Cruel em tantos níveis que sequer sei explicar. Mas talvez ele consiga. O tempo. Afinal, esteve lá e está aqui. Existiu antes e continuará existindo depois.

Este livro foi composto com tipografia Electra Std e impresso
em papel Off-White 80 g/m² na Formato Artes Gráficas.